JN166937

日本列島七曲り

筒井康隆

角川文庫
21287

目次

誘拐横丁　5
融合家族　33
陰悩録　60
奇ッ怪陋劣潜望鏡　82
郵性省　100
日本列島七曲り　123
桃太郎輪廻　146
わが名はイサミ　166
公害浦島覗機関《たいむすりっぷのぞきからくり》　187
ふたりの秘書　218

テレビ譫妄症　245
解説　畑　正　憲　274

誘拐横丁

「アサー」

窓敷居に登って立ち、外を指さしながら、背中に羽根がはえたような恰好《かっこう》で足をばたばたさせている、二歳半の息子の声で眼をさました。

「うるさい」おれは怒鳴《どな》った。「せっかくの日曜日というのに、親父をゆっくり寝かさねえつもりか。夜が明けりゃ朝になるのはあたり前だ。騒ぐんじゃねえ」

「ソトー」息子はさらにそう叫んでから、窓敷居の上でこちらに向きを変え、おれを指さしてまた叫んだ。「オヤジー」

「遊びたきゃ、外へ行って遊べ」おれはふとんをかぶりながらいった。「今日はもう、どこへもつれてってやらねえ」

「ソトー、ソトー、オヤジー」

息子はおれの枕《まくら》もとまでやってきて、しばらく地だんだを踏んでいたが、やがてあきらめた様子で、部屋を出ていった。

入れちがいに、台所から妻が入ってきた。「あんた、もう起きてよ。いくら日曜でも、もう、九時半よ」

ふとんの中でなま返事をしていると、妻は掛布団をひっぺがしにかかった。

「こら。何をする」

ふとんを取りあっているうちに、おれは妻の白い太腿《ふともも》を見て欲情してきた。

「こいつめ」妻の足首をつかみ、ぐいと引いてから、おれは彼女をふとんの上に押し倒した。

「あら、何するの。いやよ。いやよ」

「また、子供に見られるっていうんだろう」

「ううん。興一《こういち》はさっき、外へ遊びに行ったわ。あら。いやよ。いやよ」

「じゃ、米屋が米を持ってくるっていうのかい。それとも、クリーニング屋かい」

「いいえ。今日は日曜だから誰《だれ》も来ないわ。あら。いやよ。いやよ」

いやよ、いやよと言いながら妻は腕をのばして整理簞笥《だんす》のひきだしをあけ、コンドームを出した。

一ラウンド終了して汗を拭《ぬぐ》っている時、店の電話が鳴った。妻が店へおりていき、受話器をとった。

「もしもし、こちら新田電気店ですが。あのう、今日は日曜ですので、お休みを頂いておりますが。は。ああ、なあんだ。最上さんですか」妻がおれを呼んだ。「あなた。建材店の最上さんからお電話よ」

「なんだろうな。あいつとはこの間、寿司屋で一杯飲んでる時に口喧嘩《くちげんか》をしたんだが」おれは電話に出た。「はい、新田ですが」

「やあ、この間は失礼」最上建材店の主人のねちっこい声だった。「酔って、ついおだをあげちゃってね」

「なあに、なんとも思っちゃいないよ」つとめて明るい声を出し、おれは笑った。「あの時はこっちも」

「いやいや。こっちも気にしちゃいない。怒っていないいんなら、よかった」

「こっちも安心した」

「どうだね。儲《もう》かってるかね」

「まあ、まあといったところだ。そっちはどうだね。景気がよさそうじゃないか」

なかなか用件を切り出さないのでいらいらしたが、おれは無理に調子をあわせた。

「冗談じゃない。やりくりがつかなくて困っている。実は明日、どうしても支払わなきゃいけない金があるんだがね。ふだんならなんとかなるんだが、あいにく先月家を増築したもんで、今、手持ちの金が一銭もない。なあに、明日の支払いは、たかが知れてるんだ。十八万円なんだがね。それが今、手もとにない。ところがどうしても、払わなきゃいけないんだ」

どうしてそんな話をおれにするのだろう、そう思い、おれは不吉な予感に身をかたくして、首をかしげながら訊《たず》ねた。「ほう。で、どうするつもりだね」

「あんたから、融通して貰《もら》おうと思ってね」

「どうしてだ」おれは眼を丸くした。「どうしておれが、その金を、あんたに融通しなきゃならない」

「いやかね」

「いやも応もないよ。そんな義理はないよ」

「いやあ、義理とかなんとか、そういったものじゃないんだがねえ」

「じゃ、いったい何だ」あまりのことにあきれ果て、おれの声は知らずしらず高くなってしまった。「いいか。頭を冷やしてよく考えてくれ。おれとあんたは、同じ横丁に店を出している関係以外に、何の関係もない」

「たしかに、そうだったな」

「そうだった、とはどういう意味だね。だった、とは。今じゃもう、新しい関係ができたとでもいいたそうな口ぶりじゃないか」

最上はますますねちっこい口調になって、わざとらしく話題を変えた。「今、あんたん所の興一くんが、うちへ遊びにきてるんだがね」

「へえ」おれは絶句した。

興一のやつ、なんだって最上の家へなんぞ遊びに行ったんだろう。あそこには遊び相手になれる子供はいなかった筈《はず》だが。

「そりゃあ、すまなかった。迷惑をかけてるんじゃないか」おれはしぶしぶあやまった。「帰ってくるようにいってくれないか」

「なあに。おとなしくしてるから、こっちはちっともかまわないよ。それに」最上は意味ありげな含み笑いをした。「帰りたくないそうだ」

「さっき、叱《しか》ったからな」そういってから、おれはまた不安に駆られた。「まさか、それが、おれとあんたとの新しい関係だなんて、言い出すんじゃないだろうね」

「そんなことは言わないよ」

最上の、自信ありげな口ぶりは、ますますおれをいら立たせた。

「とにかく、すぐ家内を迎えにやる。それまで、悪いが息子を預っといてくれ」

「なあんだ。奥さんが迎えにくるのか」最上は心外そうに鼻を鳴らした。

「なぜ家内じゃいけないんだ。おれが行かなきゃならないのかね」

「いやいや。もちろん、奥さんでもいいよ。ただ、こっちへくる時、ついでに十八万円持ってきてもらうと、非常にありがたいんだがねえ」ことばとは逆に、その声には有無《うむ》を言わさぬ調子が含まれていた。

おれは、どきりとした。それから、おそるおそる訊《たず》ねた。「もし、十八万円持って行かなかったら、どうなるんだね」

「へえ。持ってこないのかね」最上は、いかにも意外だといった声を、すっ頓狂《とんきょう》にはりあげた。「持ってこないとは驚いたなあ」

内心の腹立ちを押さえたため、おれの声も最上に影響されてすっ頓狂にはねあがってしまった。「ほう。持って行かないと、息子を帰さないというのかね」

「わからないかねえ。帰さないんじゃないんだよ。興一くんは、帰りたくないといってるんだよ」

妻が心配して、おれの傍に立ち、受話器の中の最上の声に耳を傾けはじめた。

「どういう手品を使ったんだ」と、おれはさり気なく訊ねた。「菓子で釣ったのか。それとも、何か面白いおもちゃで遊ばせてるのかね」

「そんなもんじゃないね」やりとりが面白くてしかたがないといったくすくす笑いを混えながら、最上は答えた。「新しくできた楽天地につれていって、ジェット・コースターに乗せてやるっていったんだ」

「楽天地だと」おれはうろたえた。「やめてくれ。あそこのジェット・コースターってのは、初日に故障して、事故を起したやつだろう。あんな危険なものに乗せないでくれ」

「なあに、ちっとも危険じゃないさ」最上は高笑いをした。「でも、危険だと思うんなら興一くんをつれ戻しにきたっていいんだぜ。十八万円持ってな」

「あなた」妻が横からささやいた。「十八万円ぐらい、貸してあげなさいよ」

「お前は黙ってろ」おれは妻を怒鳴りつけ、最上にも聞こえるよう、送話口を手で押えずに喋《しゃべ》った。「貸してやったって、どうせ返してくれないんだから、やるのと同じだ。どうして十八万円も、奴《やっこ》さんにやらなきゃならないんだ。これは営利誘拐なんだぞ」

「まあ」妻は顔をしかめた。「大袈裟《おおげさ》ねえ。それほどのことはないわよ。だって最上さんのお店は、五軒はなれた同じ横丁にあるんですもの」

「顔見知りだから誘拐にならないってことはないぞ」

「でも、ご近所なんだから、警察へ届けたりはできないわ」

「もしもし」と、おれは受話器に向かって喋った。「今日は日曜日だから、十八万円という現金は、手もとにはないんだがね」

「今、誘拐とか、警察とかいったことばが聞こえたよ」と、最上はいった。

逆襲してくるつもりらしい。刺戟《しげき》したのはいけなかったかもしれないと思い、おれは黙りこんだ。あっちの出かたを待つよりしかたがない。

最上は、厭味《いやみ》たっぷりに喋り出した。「こっちには、全然そういうつもりはないんだから、そっちも早合点して、悪く飛躍しない方がいいね。結論を出すのは、あとからでもいいわけだろ」

「そうだ、そうだ、まったくだよ」おれは少しうろたえた。「すまん。許してくれ」どうしてあやまらなければならないのか、よくわからない。

「現金が手もとにないのなら、なんとかかき集めてくれんかね」命令口調で最上はそういった。「なんなら、明日の午前中でもいいんだぜ。明日になりゃ、銀行から金が出せるんだろ」

「そうだな、じゃあ、そうしよう。とにかく興一は、今すぐ返してもらいたいんだが」

だしぬけに、最上は話題を変えた。「あんたの家の裏庭は、陽あたりがよくていいな。おれの家の庭は、陽あたりが悪くてねえ。草花が育たない。園芸には、おれも趣味がないわけじゃないからね。路地裏を通る時、いつもあんたの家の裏庭を見て、羨《うらや》ましがってるんだ。きれいに花が咲いてるな」

「うん」

「手入れが大変だろ」

「うん。まあな」

「白い花が咲いてるな」

「う、うん。咲いてる」

「あれ、タバコじゃないのか」

「いや、あれは、その」

「タバコを栽培するってのは、専売法違反になるんじゃないかね」

「あれはその、いわば趣味なんだ」ひや汗が流れ出した。「ほんのふた株だし、あれを実際に喫《す》ったりするわけじゃないから」

「しかし、密栽培は密栽培なんだなあ。いやなにね。おれだって、こんな固いことはいいたくないよ。ただね、ただ、そっちの方から営利誘拐などという法律用語がとび出したもので、ついね、その。ひひひひ」

敵が切り札を見せた以上、へたに口論するのは危険である。おれはいったん後退することにした。「うん。よくわかるよ」

「わかってくれたか。そりゃ、よかった」

「ところで、興一のことだが」

おれのことばにおっかぶせて、最上はいった。「ところで、十八万円のことだが」

溜息《ためいき》をつきながら、おれは譲歩した。「それは、じゃあ、考えよう」

最上は急に柔らかな口調に戻った。「そうかい。じゃ、こちらも、親御さんのご意見を尊重して、興一くんを楽天地につれて行くのは、とりあえず見あわせることにするよ。十八万円が用意できたら、いつでも来てくれ。今日はいちにち家にいるからね」

がちゃん、と、電話が切れた。

「十八万円を持って行かない限り、興一を返さないつもりらしいぜ」全身の力が抜けて行くように感じ、がっくり肩を落しながら受話器を架台に戻して、おれは妻にそういった。

妻は比較的落ちついていた。「家の中が片づくわ。あの子を見てて貰《もら》えたら、散らかされないですむから、久しぶりでゆっくりお掃除もできるし」

「のんきなこと言ってる場合か」おれはいら立って、妻を怒鳴った。「誘拐されちまったんだぞ」

「まだ言ってるの。馬鹿ねえ」妻はくすくす笑った。「誘拐っていうのは、殺される心配がある場合のことでしょ。あの最上さんが、興一を殺したりするわけがないじゃないの」

「いじめられてるかもしれない。とにかくお前、敵状を偵察に行ってこい」

「いやよ。スパイじゃない。斥候だ。お前が行かないんなら、おれが行く」

「スパイの真似なんて」

「よして」妻がおどろいておれの腕をつかんだ。「あんたが行ったら、きっと喧嘩《けんか》になるわ。あとでわたしが行ったげます。とにかくあなた、朝ご飯まだでしょ。早く食べてしまって頂戴。でないと、いつまでたっても片づかないから」

「どうして片づけることばかり考えるんだ」おれは泣きそうになってわめいた。「興一が可愛くないのか」

「可愛いわよ。だからあとで様子を見に行ってあげるといってるじゃないの。さあ、ご飯にしましょ」

おれは無理やり朝食の膳《ぜん》の前にひき据えられてしまった。

しかたなく、まずい朝食を食べているうちに、おれはだんだん腹が立ってきた。どうしてあのいけ好かぬ最上なんて男に十八万円もの大金を奪われなければならぬのか。脅迫のネタにされているタバコのことで、罰金をはらわされるのなら筋が通っている。だが、あの男に金をやる理由はひとつもない。むしろ慰謝料をふんだくってやりたいぐらいだ。そうだ、タバコのことで罰金をとられてもいいから、最上のことを、顔見知りのあの交番のおまわりにたれ込んでやろう。専売法違反の罰金が十八万円以上なのか以下なのか、それは知らないが、たとえ十八万円以上とられたってかまわない。最上に金をやるよりはましだ。おれはそう思い、朝食もそこそこに、あわてて立ちあがった。

おれの勢いに、妻がびっくりして顔をあげた。「どこへ行くの」

「ちょっと、そこまで出かけてくる」

「最上さんのところへは行かないでね」

「行かないよ。行ったってしかたがない」下駄《げた》をつっかけながらそういい捨て、店を通り抜けておれは通りへ出た。

横丁のはずれが交番である。ちょうど顔見知りの若い方のおまわりが机に向かっていたので、おれはその傍に立ち、声をかけた。

「こんにちは」

彼は顔をあげた。「やあ、電気屋さんのご主人」

「日曜というのに、大変ですな」

「そりゃあ、しかたがない。仕事だから」

「厄介なことが、もちあがったんですが」

「ほう、どうかしましたか」

おれは一部始終を話した。おまわりは、しばらく真面目な表情で聞いていたが、次第にあきれ顔になり、話し終る頃にはげらげら笑い出した。

「笑っていては困ります」おれは少しむっとして、彼を睨《にら》みつけた。「なんとかしてください。あの最上建材店へ行って、息子をとり戻してきてください」

「こんな馬鹿な話は、聞いたことがない」彼はなおも笑い続けながらいった。「だからわたしが、以前注意したじゃないか。あのタバコは、すぐに引っこ抜いて捨てなさい、植えたままにしておくと、罰金をとられますよってね。するとあなたの家の裏庭には、まだあのタバコがあるのかね」

おれはうなだれた。「はあ。せっかく白い花が咲いているのに、引っこ抜くのはどうも可哀そうで」

「ほう」おまわりは感心したようにおれをじっと眺めた。「タバコには、白い花が咲くのか。そりゃ、知らなかった」

「小さな、可愛い白い花です。はなびらの先がピンクで……。いや、まあそんなことはどうでもいいのですが。とにかく、なんとか息子を取り戻してもらえませんか」

「そういう町内のごたごたを、交番へ持ち込まれちゃあ困るな」おまわりはゆっくりと首を振りながらいった。

「じゃ、どこへ持ち込めばいいんです」

「さあてねえ。町内会かなあ。いや、むしろ家庭裁判所かも」しばらく考えこんでいたおまわりは、やっと気がついたというように顔をあげた。「とにかくあなた、あのタバコを引っこ抜いて捨てちまえば万事解決するんじゃないかねえ。そうすりゃ、あっちだって言いがかりをつけることはできないだろ」

「なるほど。そうですな」おれはもじもじした。こっちにも弱みがあるから、あまり強くおまわりの職務怠慢を非難することはできない。こっちも今まではそのお蔭《かげ》で罰金を払わずにすんでいたのである。「じゃ、そうしましょう」

しぶしぶうなずいて交番を出たものの、あの最上のために、せっかく今まで丹精して育てたタバコをひき抜いて捨てるのは、どう考えても癪《しゃく》である。うーうー唸《うな》りながら道を歩いていると、息子の女友達で四歳になる圭子ちゃんが、笑いながらおれの前に立った。

「興ちゃんのパパ。何、うなってるの」

おれはぼんやりと彼女の顔を見つめた。

そうだ。この圭子ちゃんを誘拐してやれ。

この子の父親というのは、やはり横丁の中にある杉村内科医院の院長である。医者なら儲《もう》けている筈《はず》である。

「おや、杉村さんの圭子ちゃん。うひ、うひうひうひ、ひひひひ、うひ」おれはしゃがみこんで、圭子ちゃんの前髪垂らした可愛い顔をのぞきこんだ。「圭子ちゃん可愛いね。あまり可愛いから、おじちゃんが、誘拐しようかな」

「誘拐って、知らない人について行ってはいけませんって、あれのこと」圭子ちゃんは、首を傾《かし》げた。「だって、興ちゃんのパパは知らない人じゃないんだもの。誘拐にはならないでしょ」

「若いのに、なかなか本質的なことをいう」おれは感心した。「子供ってのはみんな、原思想家だな。どうだい。うちへ遊びにこないか」

「いく」簡単に家までついてきた。

「ああら。圭子ちゃん。まあ、いいパンタロンはかせてもらって」妻が眼を細めて圭子ちゃんに微笑《ほほえ》みかけ、おれに訊《たず》ねた。「どうして、圭子ちゃんつれて帰ってきたの」

「誘拐してきた」

「そんなことだろうと思ったわ」妻は嘆息した。「ねえ、あなた、ちゃんとわたしのいうことを聞いてね。杉村先生には、なんの恨みもないでしょ。それに、この間はクーラー、去年の冬には電気ストーヴ二台も買ってもらってるの。もうすぐカラー・テレビを買い替えるっていってらっしゃるの。なにもお得意先のお嬢ちゃん攫《さら》わなくったって、いいじゃないの」

「そうとも。杉村さんはこの横丁でいちばんのお金持ちだ」おれはうなずいた。「だから誘拐した。貧乏人の子を攫ったって、しかたがないものな」

「たいせつなお嬢ちゃんなのよ。もしものことがあったら大変よ」

「うるさい」おれは一喝した。「お前はまだ最上の家へ偵察に行ってないじゃないか。

だまって、おれの命令に従ってりゃいいんだ。解決の手段はこれしかない」

「そうは思わないんだけどなあ」妻は困り切った表情で家を出ていった。

「さて」おれは圭子ちゃんと顔を見あわせ、にっこりと笑いあった。「圭子ちゃんは、おじちゃんに誘拐されたんだ。だからこれから圭子ちゃんのパパに電話して、お金を持ってきてもらうんだよ」

「いくらなの」と、圭子ちゃんが訊《たず》ねた。

「十八万円」

「今、そんなにあったかしら」圭子ちゃんは首を傾げ、受話器をとりあげた。「聞いてみるわ」ダイヤルをまわした。

「いいね。誘拐されたっていうんだよ」おれが横からいった。

圭子ちゃんはうなずいて、受話器に語りかけた。「あっ。パパ。わたし圭子。わたし今新田さんの電気屋さんにいるの。あのね、わたしね、今、誘拐されちゃったの。そうよ。誘拐。笑ってないで、まじめに聞いてほしいの。それでね、新田さんがね、十八万円持って、すぐ来てほしいんですって。十八万円。うん。うん」圭子ちゃんは、受話器をおれに差し出した。「パパが、かわってほしいんですって」

おれは電話に出た。「やあ。毎度どうも。新田です」

「やあ。圭子がまたお邪魔してるそうで、いつもどうも」院長の陽気な声である。

「クーラーの具合はどうですか」

「いいですね。やはり外国製品はいいです。近く、茶の間にもう一台入れようと思ってますので、その時はまた、お願いします」

「ありがとうございます」

「ところで、十八万円というのは、なんのお金ですか。支払うものは全部支払った筈《はず》ですが」

「圭子ちゃんを誘拐しましたので、その身代金です」

「弱りましたな。今日は日曜で、手もとに現金がありません」

「なんとか、かき集めてもらえませんか。こちらも至急入用なのです」

「わっはっは。そりゃ困るな。どうしてそんなに急に、金が要るのですか」

おれは最上とのいきさつを全部話した。

院長は溜息《ためいき》をついた。「悪いことが流行《はや》り出したもんだ。わたしがもし十八万円出さなければ、どうするつもりですか」

「おたくの裏庭にたくさん生えているのは、あれは大麻ではありませんか」

「あっ。よくご存じで」

「大麻というのは、マリワナとかハッシッシとかいった、麻薬を作ることのできる植物ですな」

「あれは、実験のために植えて栽培してるのです。大麻からはビタミンKがとれるので、その実験をするためです」

「でも、最近は夜な夜な、おたくの家から、気ちがいじみた笑い声が嬌声《きょうせい》と混って聞こえてきます。あれは何ですか」

「ううむ。あれが聞こえましたか」

「あんなでかい声で笑ったのでは、近所に丸聞こえです。マリワナを吸って、お医者さん仲間で夫婦交換パーティや、乱交パーティをやってるんでしょう」

「わかりました。わかりました。十八万円は明日必ず持って行きます。とにかく圭子を返してください」

「いやです。わたしは圭子ちゃんみたいな、可愛い童女が大好きで。ひひ、ひひひひ」

院長は、ぎょっとしたような声で叫んだ。「あなたは幼女趣味ですか」

「これからお医者さんごっこをします」

「そんなことをされては困ります。医者の娘とお医者さんごっこをするなど、悪い洒落《しゃれ》です」

「早くお金を持ってこないと、遊んでいるうちに興奮してきて何をするかわかりません。わたしは自分の理性に自信が持てない」

「圭子は処女です。絶対に手をつけないで下さい」院長はしどろもどろになってわめきはじめた。「いいですか。もし圭子のヒーメンを破ったりしたら、ただじゃおきませんよ。可愛い娘の処女が、父親以外の男に奪われるなんて、いや、違った」院長はあわてて言いなおした。「夫になる男性以外の男に奪われるなんて、そんなことは我慢できない」

「それが心配なら、一刻も早く金を持っていらっしゃい」

「ところが今、現金がない。どうしたらいいかな。よし。こっちも誰かを誘拐してやれ。誰がいいかな。この横丁で、金持ちで、日曜日でも現金を持っているというのは誰でしょうね」

「屑屋《くずや》の金さんでしょうな。あの人は銀行へ預金したことは一度もないって話だ」

「金さんのところに、誰か誘拐できそうな子供がいますか」

「いませんな。しかし奥さんは美人ですよ」

「それだ」院長が叫んだ。「金さんの奥さんを誘拐しよう」どうやら本気らしく、乱暴に電話を切った。

ゆっくりと受話器を架台に戻し、ふり返ったおれを見て、圭子ちゃんはあわてて部屋の隅へ逃げ、背中を壁にぴったりと押しあて、両手を胸にあててはげしくかぶりを振った。

「いや。いや。こっちへ近寄らないで」眼を恐怖に見ひらいている。

ためしに一歩近寄ってみた。

「だめ。ああ。だめよ。だめ。許して」今にも失神しそうな表情をし、絶望的にかぶりを振って見せた。四歳だというのに、大変な演技力である。

おれは調子にのって歯をむき出し、襲いかかる恰好《かっこう》をして見せた。圭子ちゃんはきゃっと叫び、二階への階段を駈《か》けのぼっていった。

店の椅子に腰をおろして、ひとりでげらげら笑っていると、最上建材店のおかみが店へ入ってきた。

「ごめんください」

おれはあわてて立ちあがった。「これは、最上さんの奥さん」

「あら、新田さん」彼女はおれに、深ぶかと一礼した。「主人が、まことに馬鹿なことを始めまして、ほんとに、どうお詫《わ》び申しあげてよいやら。さぞご迷惑のことでございましょう。申しわけございません」

こういう外交的な挨拶《あいさつ》は、おれのいちばん苦手とするところであって、どう返事してよいやらわからない。はあ、はあといってうなずいていると、彼女はなおもくどくどと喋《しゃべ》り続けた。

「わたしも主人に、よせよせと申したのでございますが、どうしても聞いてくれません。ほんにまあ、どういう加減であのような馬鹿なことを思いつきましたか、自分の主人ながら、愛想が尽きてしまいます」

「はあ。はあ」うなずき続けていたおれは、ふと思い出して彼女に訊《たず》ねた。「その辺で、うちの家内に会いませんでしたか」

「いいえ」

どうやら行き違いだったらしい。

その時、また電話が鳴った。受話器をとると、妻の声がした。

「あなた。わたしよ。今、最上さんのお宅にお邪魔してるの」

「馬鹿」おれは怒鳴った。「おれは偵察に行けといったんだぞ。敵の家へのこのこあがりこむやつがあるか」

「だって、興一がお邪魔になりっぱなしで、ご馳走《ちそう》になりっぱなしじゃ、最上さんに悪いじゃないの。だから来がけに、大通りのスーパー・マーケットへ寄って、お昼ご飯のおかずと、おやつのお菓子を買ったの。で、こっちへ来たら、最上さんの奥さんがお留守だったから、わたしがお昼ご飯を作ってあげてるの」

行き違いの原因はわかったものの、敵の昼食を用意してやるなど、心得違いもはなはだしい。

「そんなことはどうでもよい。偵察の報告をしろ」

「報告って」

「興一の状態はどうだ」

「ああ。興一なら最上さんのご主人と、きゃっきゃいって遊んでるわ」

「無節操な」

「こちらの支度ができたら、すぐ帰りますからね」電話が切れた。

「あのう」と、最上夫人が横からおれに訊《たず》ねた。「奥さまが、わたしの方へ」

「お邪魔してるそうです」受話器を置きながら、おれは吐き捨てるようにいった。「昼食の支度をしてるそうですよ」

「あら、それじゃあわたし、帰らなくちゃ」

出て行こうとする最上夫人の前に、おれはずいと立ちふさがった。「あなたをお帰しするわけにはいきません。奥さん」

彼女は、はっとしたような表情を一瞬見せてから、俯向《うつむ》いて訊ねた。「はあ。あの、それは、ど、どういう」

「あなたを誘拐するのです。あなたは捕虜です。軟禁します」

「まあ。捕虜だなんて」彼女は頰をぱっと赤く染め、何をどう勘違いしたか、急に恥かしそうにもじもじしはじめた。

「そうです。捕虜です」おれも何となくおかしな気分になってきて、照れてもじもじしながら答えた。「美しい捕虜です」

「あら。まあ。およしになって」まだ何もしていないのに骨ばった細いからだの最上夫人は、はや、身も世もあらず身もだえはじめ、鼻をすすりあげた。

道路への出入りのため、半分ほど上げてあった店のシャッターを、おれはがらがらと勢いよく引きずりおろした。店の中が少し暗くなった。おれと向かいあって立っていた最上夫人は、これでさらに興奮して口を半開きにし、ああ、ああと呻《うめ》きながら肩と膝《ひざ》を痙攣《けいれん》させはじめた。

しばらく痙攣し続けてから、彼女はふとわれに還《かえ》り、急に真剣な顔になっておれにいった。

「そうだわ。あなたの奥さんは危険にさらされています。うちの主人には悪い癖があるんです。よその奥さんに、それはもう誰かれなしに手を出すんです」わが身の立場から連想して嫉妬《しっと》に駆られたらしく、いても立ってもいられぬ態度を示しはじめた。

「ふうん」おれは少し思案してから、意味ありげに、ゆっくりと彼女にうなずいて見せ、彼女の薄い肩に片手を置いた。「そうでしたか。しかしね、奥さん。あなただって危険にさらされているのですよ」そういうなりおれは、彼女にすばやく接吻《せっぷん》した。といっても、彼女のかさかさの唇にほんのちょいと触れた程度で、すぐにさっと顔をひきはなしたのである。

「あ」小さく声をあげ、しばし眼を丸くしておれの顔を眺めていた最上夫人は、たちまち真っ赤になった。顔全体が赤い風船玉のように鬱血《うっけつ》して膨脹し、眼は見ひらかれたまま吊《つ》りあがった。「うわ、うわ、うわあ。うわあ。ああ、ああ」咽喉《のど》から押し出すようにそう呻くと、彼女は大きく口を開き、おれに武者振りついてきた。はあ、はあと息をはずませ、おれの唇を求めてきた。荒い鼻息とともに、いけませんとか、貞操がとか、人妻とかいったことばを口走りながら、彼女は暴力的におれの口をむさぼった。

おれの後頭部が、閉じたシャッターにあたって、がしゃっ、と音を立てた。おれの歯に彼女の金をかぶせた前歯が勢いよくぶつかって、何度もがちっ、がちっと鳴った。大きく開いた彼女の口の中から、おどろくべき大量の、なまあたたかい唾液《だえき》が流れこんできた。それは鱈子《たらこ》の味がした。朝食は鱈子だったらしい。部厚く、ぼってりとした舌をおれの口の中へ無理やりねじ込みながら、彼女は両手の指さきを鷲《わし》の爪《つめ》のように折り曲げ、おれの頭を掻《か》きむしって、頭髪をぐしゃぐしゃにした。

おれの手が彼女のスカートを、うしろから尻《しり》までまくりあげた時、彼女はきいっ、という声を出しておれを突きはなし、情欲にはげしく鼻をすすりあげながらかぶりを振っていった。「だめです。新田さん。それだけはだめです」唇の端から、白い唾液が顎《あご》へと流れ落ちていた。

しばらく彼女の顔を見つめていたおれは、ふと、二階へ駈《か》けあがったままの圭子ちゃんのことが気になった。

「ちょっと、待っていてください」

階段をのぼって二階の子供部屋を覗《のぞ》くと、今まで遊んでいたらしく興一の玩具や絵本が部屋いっぱいに散らばっていて、圭子ちゃんは部屋のまん中で大の字になり、ぐっすり眠りこんでいた。やはり子供だけのことはあって、無邪気なものである。風邪を引くといけないと思い、おれは興一の掛布団を彼女の腹の上にかけてやった。

階下へ戻ると、おどろいたことに最上夫人はいつのまにか奥の間に入り、勝手に布団を出して畳の上に敷き、早手廻《まわ》しにも生まれたままの姿になって横たわっている。おれを見て彼女は、あわててシーツを身にまとい、肩をふるわせた。

「あら。いや」

自分の方から裸になっておきながら、あらいやもないものである。鼻血こそ出さなかったものの、おれはたちまちのぼせあがり、気ちがいじみた早さで服を脱ぎ捨てると、ぱっと彼女におどりかかった。

ちょっと力をこめて抱きすくめただけで、最上夫人は救い難いほどとり乱し、うわあ、うわあと喚声をあげ、馬鹿力で抱き返してきた。

それは、まさに地獄であった。狂気の中の涅槃楽《ねはんらく》であった。汗と愛液と血とよごれが布団をぐっしょり濡《ぬ》らし、あとで布団をあげてみると畳まで濡れていて、その畳が一週間後には腐りはじめたといえば、どれだけの物凄《ものすご》さであったか想像してもらえるだろう。行為の途中からすでにおれの頭はがんがん痛みはじめ、眼の前がまっ暗になり、はげしく耳鳴りがした。何度か、店の電話が鳴っていたようだったが、とてもそれどころではなかったのである。

終るなり、おれは眼をまわし腰を抜かして人事不省となった。最上夫人がおれの耳もとで天にも届けとばかりのべつはりあげ続けた大声のため、耳は聞こえず眼は見えず、四肢《しし》には痙攣《けいれん》が走り肛門《こうもん》は開き、むろん意識はなく、つまり悶絶《もんぜつ》したのである。おれは虚無の空間へひきずり込まれた。いや、虚無には空間という概念はないから、おれ自身が虚無となった。

どれぐらい時間が経ったかわからないが、ふと気がつくとおれはまだ、やはり失神したままの最上夫人の腹の上に乗っかっていて、そのおれの肩を、いつのまにやってきたのか杉村院長が横からけんめいに両手で揺すっていた。杉村院長のうしろには屑屋《くずや》の金さんの美人のおかみがすわり、おれたちの不様な姿をあきれ返って眺めている。

「これは、杉村さん」おれはあわてて服を着ながら訊《たず》ねた。「十八万円は用意できたのですか」

「そのことです」と、院長は懇願するような眼をおれに向けて喋《しゃべ》りはじめた。「あなたの家へいくら電話しても誰も出ないので、こうしてやってきました。金さんの奥さんを首尾よく誘拐したまではよかったのですが、奥さんに訊ねたところでは、金さんのお宅には現在現金が十二万円しかないそうです。なんとかそれで、示談にしてもらえませんか」

「それは困ります」おれは叫んだ。「わたしに示談の気持があったとしても、おそらくあの業つくばりの最上が承知しないでしょう」

「この十二万円に、現在のわたしの所持金四万円を足せば、十六万円になります」院長はけんめいに説き続けた。「あと二万円、あなたの方で何とかなりませんか。今拝見した様子では、あなたはこの最上夫人を頂いちまったようだから、それだけでも充分二万円支払う根拠にはなるでしょう」

「こっちが金をほしいくらいです」おれは汗を拭《ぬぐ》いながらそういった。

屑屋《くずや》の金さんが、十二万円の札束を鷲《わし》づかみにし、血相を変えて駈《か》けこんできた。

「わたしの奥さん、いるか。ああ院長さん、お前わたしの奥さん攫《さら》たか。わたし奥さん、貞操大事ないか。哀号この十二万、わたし全財産。こないだ大家の隠居から常慶の楽焼き買たから、今これだけしかないよ。哀号」

「十二万円じゃだめなんです」院長がおろおろ声でいった。

二階から、圭子ちゃんが眼をこすりながら降りてきた。

「おお。圭子、無事だったか」

彼女の方へ駈け寄ろうとする院長をつきとばし、おれは圭子ちゃんを抱きすくめて叫んだ。「十六万円じゃ、だめだ。今、おれは一万円しか持っていない。十七万円だ。あと一万円不足なんだ」

「皆で最上さん所行って、十七万で勘弁して貰《もら》う頼む」と、金さんがいった。

「そうだ」院長がうなずき、おれにいった。「早く行かないと、あんたの奥さんの貞操が危機にさらされますよ」

おれは蒼《あお》くなった。妻はさっき、昼食の支度ができたらすぐ戻るといっていたではないか。時計を見ると、もう正午をとっくに過ぎている。

「さては」おれは立ちあがってわめいた。「最上のやつ。こ、こ、殺してやる」

その時妻が、なぜか動顚《どうてん》して駈け戻ってきた。おれはあわてふためいて、まだ丸裸のまま大の字になってぶっ倒れている最上夫人のからだの上に布団をかぶせた。

「大変よあなた、ああ院長先生。いいところにいてくださったわ」妻は息をはずませながら、おろおろ声で報告した。「わたしの作った昼食のために、最上さんと興一が下痢をして、七転八倒してるの。食あたりらしいわ。あの浅蜊《あさり》がいけなかったんだわ。からだ中に吹出物ができて」

「行きましょう」院長が立ちあがった。

ぶっ倒れたままの最上夫人だけを残し、おれたち全員は通りへ出て、最上建材店へ駈けつけた。横丁の連中や子供たちは、おれたちのあわてかたを眼を丸くして眺め、交番のおまわりも面白がっておれたちに加わり、八百屋の犬までついてきた。

最上の家の奥の間では、亭主とおれの息子が、全身に赤黒い吹出物を作って、腹を押えながら畳の上をのたうちまわっていた。

「しっかりしなさい」院長がはげましながら二人を診察し、おれの妻にいった。「重症です。奥さん、病院まで走ってください。家内がいますから、この薬を持ってくるよう、伝えてください」

院長から、薬品名を書きつけた紙切れを受取って握りしめ、妻はとび出していった。

最上は苦しみ続けながらも、おれの顔を見て叫び続けた。「治療費よこせ。治療費よこせ」底知れぬ業つくばりである。

やがて妻が院長夫人をつれて戻ってきた。院長が二人に薬を注射すると、吹出物はなくなり、嘘のように腹痛もおさまってしまった。

「どうしても、一万円足りないんだ」おれはさっそく、示談にとりかかった。「あと一万円、なんとかならないのか」

「それは、こっちでいうことだ」最上は頑固に、最初の金額を主張した。

「治療費をサービスしたげるから、十七万円で手を打ちなさい」と、院長もいった。

「なぜこんな馬鹿《ばか》な話なったか、わたしちともわからないね」と、金さんが叫んだ。

「馬鹿《ばか》のひとつ、なぜ明日、銀行から金出すいけないか。馬鹿《ばか》ふたつ、誘拐された者とした者、全部ここにいる。馬鹿《ばか》みっつ……」

「いいことがあります」院長がにやりと笑いながら、ポケットからタバコを出した。

「残りの金は、このタバコで支払えばいいでしょう。これは、大きな声ではいえませんが、マリワナ・タバコなのです」

「えっ。マリワナだと」

「まあ。マリワナですって」

全員が、ぎらぎらと眼を輝かせた。

そして、乱交パーティがはじまった。

融合家族

「あなた」

妻が、おれの家の台所からおれを呼んだ。

おれの家の書斎で机に向かい、本を読んでいたおれは、椅子から立ちあがった。うっかりして、勢いよく立ちあがってしまったのである。

夕食時に近く、腹が減っていたため、妻が台所でおれを呼ぶからには、これはもう、てっきり飯の支度ができたに違いないと思い、あわてて立ちあがったのである。その結果、おれは頭の天辺《てっぺん》を、頭上低く垂れ下がっている階段の裏側に、いやというほどぶっつけてしまった。

この階段は、むろんおれの家の階段ではない、おれの家の階段なら、書斎の机の上すれすれにまで裏側が下がってくるような階段は作らない。これは、もうひとつの家の階段なのである。

「ぎゃっ」と、おれは叫んだ。

眼から火が出て頭の芯《しん》から閃光《せんこう》と星がとび散った。あまりの痛さにおれは床にうずくまって、しばらく唸《うな》り続けた。

「これで四度めだ」おれはそうつぶやいた。

「あなた」妻がまた叫んだ。「あなたったらあなた」

甘ったるい声である。結婚してから七年めだが、この家を建てて以来二か月、妻はますます甘ったるい声を出すようになった。特に仲の悪い夫婦ではないのだから、甘ったるい声を出して当然かもしれないが、妻の場合はあきらかに、必要以上に甘ったるい声を出していた。

「よしよし、今行くよ」少し痛みがおさまったので、おれもできるだけ甘ったるい声で返事をした。

今度は頭をぶっつけないように腰をかがめたままで立ちあがり、書斎を横切り、そっとドアをあけた。

ドアをあけると、すぐ鼻の先に障子があって、さらにこの障子をあけなければおれは廊下に出られない。ドアの方は書斎のドアだが、ドアにぴったりくっついているこの障子の方は、おれの家の障子ではない。だから勢いよくドアをあけて廊下に出ようとすると、この障子を突き破ってしまうおそれがあるのだ。

廊下には畳が敷いてある。つまりこの部分は、おれの家にとっては廊下だが、もうひとつの家にとっては四畳半の日本間なのだ。だからさっきの障子は、この和室の入口ということになる。

廊下を歩いて台所へ行くには、さらに途中で二枚の襖《ふすま》と一枚のドアを開かねばならない上、ある部分では頭上低く張り出している軒さきを、ふたたび腰をかがめてくぐらねばならない。これはもうひとつの家の、庭に面した軒さきなのだ。しかも床は、タイルになったり板張りになったり、畳になったりする。ややこしいことおびただしい。

ダイニング・キチンに入ると、妻がキチン・テーブルの上に夕食の支度を整えていた。

「今夜もまた、ご馳走《ちそう》よ。あなた」妻がにっこりと、おれに笑いかけた。

「なるほど。ご馳走だ」おれも笑って、うなずき返した。「ロースト・ビーフがあるな」

テーブルの上にあるのは、おれの好物ばかりである。上等のブランデーの瓶もおいてある。

だが、テーブルにたどりつくためには、台所の中央部にでんと置かれたダブル・ベッドをぐるりと迂回《うかい》しなくてはならない。つまりこの台所は、おれの家の台所であると同時に、もうひとつの家の寝室でもあるのだ。ほんとは広い台所なのだが、このダブル・ベッドのため、キチン・テーブルを置くとほとんど空間に余裕がなくなってしまう。

おれと妻はテーブルをはさんでせせこましく向かいあい、食事をはじめた。

「また、階段の裏側へ、頭をぶっつけてしまったよ」おれは声をひそめて妻にいった。

「いやねえ」妻は顔をしかめた。「わたしも昼間、寝室の隅の池へ、もうちょっとで落ちるところだったの」

「池なんか、作りやがって」おれは吐き捨てるようにいった。「庭に池を作るのは、縁起がよくないんだよな」

「川なら、いいらしいわね」

「うん。水が流れてりゃいいんだ。池はよくない。こいつは、迷信じゃないよ。庭に池を作ると、家族が病気勝ちになるってのは、統計的に証明されてるんだ。つまりだね、水が流れてないと、その水が濁って腐ったり、ボーフラがわいたりするだろ。だから家族の健康によくないんだ」

「しっ」妻がおれに眼くばせした。

台所のドアが開き、つまり、もうひとつの家にとっては寝室のドアが開き、もうひとつの家の細君が入ってきた。

おれたち夫婦は、彼女を無視して食事を続けた。もうひとつの家の細君、つまり岡部家の夫人は、ちらっと横眼でキチン・テーブルの上の料理を眺めてから、やはりそ知らぬ顔をして、ダブル・ベッドのシーツをとり替えはじめた。わざとばたばたやるものだから、料理の上に埃《ほこり》がとび散って、落ちついて食事ができない。

「ちわー。魚常で」勝手口から魚屋が入ってきた。「刺身を持ってきました」

注文したのかな、と思い、おれは妻の顔色をうかがった。

妻は魚屋を無視して、おれに喋《しゃべ》りはじめた。どうやら刺身を注文したのは岡部夫人の方だったらしい。

「明日の日曜、ちょっと実家に帰らせていただくわ。お父様、まだ心臓が悪いらしいの」

「それはいかんな」と、おれは答えた。「帰ってきなさい」

「あなた、何さ」岡部夫人が眼を吊《つ》りあげて魚屋に叫んでいる。「寝室から入ってきたりして何よ。台所へまわって頂戴」

魚屋は眼を丸くした。「だって、ここ、台所でしょ」

どうやら新米らしい。

岡部夫人はいらいらしてベッドを平手でぱんぱん叩《たた》いた。「見りゃ、わかるでしょ。ベッドのある台所なんて、ないわよ。勝手口は裏よ。裏へまわって頂戴」

「裏」魚屋は、おれたちの方をじろじろ眺めた。「この家には、台所がふたつあるんですか」

「ばか」岡部夫人がいった。「うちの台所はひとつよ」

「ははあ、そうですか」魚屋は肝をつぶし、頭を振りながら出て行った。「気が違いそうだ。犬が西向きゃ尾も西向いて、馬は鹿なり闇に鉄砲」

岡部夫人は流し台の横にある三面鏡を開いてちょっと化粧を直し、部屋を出て行った。

痩《や》せ型の妻に比べれば尻《しり》も大きく、なかなかのグラマーである。

「あっちの旦那《だんな》、帰りが遅いわね。土曜日だっていうのに」妻がくすくす笑いながらおれにそういった。「なんだか、だんだん面白くなってきたわ」

「おれは、ちっとも面白くないよ」やや不機嫌になり、おれはそういった。「だって、寝室の池に落ちたり、廊下の軒さきで頭を打ったりして、面白いわけがないじゃないか」嘆息した。「やっぱり、家を建てる前に訴訟を起していた方がよかったかもしれんな」

「あら。だって、訴訟を起したりしたら、こっちが敗けていたかもしれないのよ。そしてこの土地、完全に岡部さんのものになっていたかもしれないじゃないの。おまけにこっちは、ここの土地代の支払いに財産の半分以上使っちゃっていて、訴訟なんかにお金を使ったら、家を建てられなくなる状態だったじゃないの」

夫婦の間で、もう何度かくり返された話題である。

「それは、あっちでも同じだった筈《はず》だ」と、おれはいった。「あっちだって訴訟に敗けるのがこわくて、やはり訴訟のための金がなかった。しかも、訴訟した場合、どちらかといえばおれたちの方が有利だった筈だ。だってこっちは、不動産業者を仲介にしたとはいっても、それまでここに住んでいた先代の岡部さんから、直接買ったも同様なんだものな。敗訴にはならなかった筈だ」

「でも、あの書類には先代の岡部さんの弟さんの承認印が必要だったのよ。先々代の岡部さんは、弟さんの方にこの土地を譲ってやるって遺言したんでしょ」

「この遺言状には、法的価値はない筈だ」

「そりゃ、わかんないわよ。だってあなた、弁護士でもない癖に」

「そういえば、あっちには弁護士がひとり、知りあいにいたらしいな」

「あなたも弁護士と知りあいになっときゃよかったわね」

「いくら知りあいといっても、弁護士を頼むとなりゃ、やはり金がいるさ。あっちでも、それは同じだ」

「最初はびっくりしたわ。やっと土地を買ったと思ったら、その土地の持ち主がもうひとりいたなんて。どうしようかと思ったわ。いくら七十坪の土地だって、買うとなりゃ、わたしたちにとっては大金だったんですもの。いくらだったかしら。二千万だったかしら」

「七十一坪で、二千百三十万だ」

「土地を買うと同時に、すぐ家を建てちまえばよかったのよ」

「それならあっちだって、やっぱりすぐに家を建てはじめただろうよ。いやまったく、あの時はおどろいた。土地を買って二か月めに設計士と一緒に現場へ行ったら、別の持ち主が、別の設計士と一緒に現場を測量してるんだものな」

「そうよ。あの時はわたしたち夫婦と、先代の岡部さんの弟の方の息子夫婦と、たいへんな口喧嘩《くちげんか》になってしまったわね」

「設計士同士まで喧嘩をはじめたな。あの時だけじゃない。喧嘩はそれ以後、いよいよ家を建てはじめる日まで、二週間続いた。どっちも譲らず、自分の主張を怒鳴るばかりだ」

「でも結局、どちらも訴訟を起そうとしなかったわね。やっぱりお互いに、お金がなくなっちゃうからだったのね」

「そうだ。だからあの場合、さきに家を建てた方が勝ちだっていうんで、競争で家を建てはじめた。考えることは、どっちも同じだったわけだ」

「地鎮祭の日まで、同じだったわね。同じ土地の中で、南と北に別れてふたつの地鎮祭。そうだわ。考えてみれば、あの日からじゃなかったかしら。お互いのすることを完全に無視しよう、黙殺しようっていう、暗黙の了解みたいなものができちゃったのは」

「設計士や大工まで、お互いを無視して仕事にかかったな。まあ、無理もない。いちいち喧嘩してたんじゃ、仕事がはかどらない。だけど、たかだか七十一坪の土地へ二軒の家を建てるんだ。たとえ南の端と北の端に建てたところで、どうしても重なってしまう部分が出てくる。おまけに二軒とも、南側は庭にしようという考えだったから、ほとんど完全に家が重なっちまった」

「しかも、こっちは洋風の家、あっちは和風の家って考えかただから、とてつもない変な家になっちゃったわ。でも、考えてみりゃ、大工さんは両方とも優秀だったわね。こんなややこしいことをやってのけたんですもの。ふたつの家を、ひとつの土地に、完全に重ねあわせて作ったんだもの」

「しかも、両方の家とも設計図通り完全に作ってある。ドアや襖《ふすま》が平面的に重なりあったため、どちらかが省かれているという部分は、おどろいたことに、ひとつもないな。そりゃあまあ、その部分を作った時の早い遅いで業者や大工同士の間に多少の暗黙の妥協はあったろうけど、ほぼ完全に入れこになっている。いわば二箇の立体が原子融合して、ひとつの立体になったという形だ。うん。こんな家は世界にも類例がないぞ」

「なんだ。あなただって、結構面白がってるんじゃないの」

「最初のうちは、面白がるどころの騒ぎじゃなかったんだが、こんな気ちがいじみたことを、いつまでもまともに考えていられるもんじゃない。いちいち真面目に考えていたら、ほんとに気がちがってしまう」おれはかぶりを振った。「家ができたばかりの頃、マスコミの連中が面白がって取材にやってきたが、連中だっておれたちのことを、少しばかり、まともじゃないと考えただろうな」

「少しばかり、どころじゃないわ。完全な気ちがいだと思ったに違いないわ。あの記事の書きかたから考えれば」妻が、まじまじとおれの顔を眺めた。「ねえ、あなた。ほんとに、わたしたち四人、正気なんでしょうね」

「正気だとも」おれは大きくうなずいた。「気がちがっていたら、こんなに統制のとれた生活を、続けてこられたわけがない」

「お互いを完全に無視しちゃったのが、かえってよかったのね。そうでなけりゃ、喧嘩してたにきまってるわ」妻もうなずいた。

「今だって、喧嘩してることには変りはないが」おれは苦笑した。「お互いに、相手のことを、空気のように、自分たちの眼にふれない存在として振舞いはじめた、あれがよかったわけだ。最初のうちは苦労したが、今ではもう、なれたな」

「なれたわね」妻が茶を飲みながら、そう答えた。

もうひとつの家の玄関の方でチャイムが鳴った。

「ほら、岡部さんの旦那がお帰りよ」妻がくすりと笑った。「また、奥さんがすごい声出すわよ」

「あらあ。あなたン。淋しかったわン」

岡部夫人の鼻声が、聞こえよがしの大きさで響いてきた。女房同士競争して、甘ったるい声を出しあっているのだ。どうしてそんなことを競争するのか、女ごころというやつはどうもよくわからない。

「さあて」食事を終り、おれは立ちあがった。「居間で、テレビを見るか」

妻がまた、にやりと笑った。おれの家の居間は、岡部家の茶の間なのだ。

「あとで、コーヒー持って行ったげるわ」妻がウインクしながらそういった。

こういう生活をしているおかげで、夫婦喧嘩を滅多にしなくなってしまった。岡部夫婦も同様、これ見よがしにべたべたと甘いところを見せつける。こっちもそうする。

居間は台所の隣にあるのだが、境のドアを開いても、ドアのすぐ向こうには壁があるから、居間には入れない。この壁というのは、むろん岡部家の、寝室と茶の間の間仕切り壁である。ではおれが、どうやって居間へ入るかというと、台所の壁に開いた小さな穴へもぐりこむ。その穴は、居間のマントルピースに通じているのだ。

こっちの家の居間というのは、応接室兼用のリビング・ルームであって、むろん洋風である。

　この居間と空間的に重なりあっている岡部家の茶の間というのは、純日本式の畳の間であって、だから内部はまことに珍妙なことになっている。マントルピースの前は畳で、これに掘り炬燵《ごたつ》が切ってある。床は畳と寄せ木タイルがややこしく入り組んでいて、しかも畳の部分がタイルよりも平面的に数センチ上っているから、気をつけて歩かないと畳の縁に足をひっかけてつまずき、ぶっ倒れてしまう。

　庭に面した壁面も、奇々怪々である。革張りの応接セットのうしろが丸窓の障子で、掘り炬燵のうしろは一枚ガラスのサッシュ・ドアをへだててポーチになっている。薩摩《さつま》杉《すぎ》を使った天井からぶら下がっているのは小型のシャンデリア、茶箪笥《ちゃだんす》の横にステレオ・セットがあり、長押《なげし》にかかった『天下泰平』という額の下の障子にダリの絵がかかっているといった按配《あんばい》である。

　おれがマントルピースからあらわれると、掘り炬燵にさしむかいで晩酌を楽しんでいた岡部夫妻は、一瞬露骨にいやな顔をして見せたが、すぐ気がついておれを無視しはじめた。

「どう、あなた。おいしい」

「うん、おいしいよ」

「食べさせたげましょ。この鯛《たい》のお刺身も新しくておいしいわよ。はい。あーんして」

「あーん」

「おいしいでしょ」

「おいしい、おいしい。さ、お前も一杯おやり」

「あらん。わたしはもう、だめよン」

横眼で炬燵の上を眺めると、なるほど、わが家に負けず劣らずのご馳走《ちそう》が並んでいる。おれの好物の鮑《あわび》もある。

亭主にとっては、女房同士のお料理競争は痛し痒《かゆ》しである。うまいものが食えるかわりに、金がかかってしかたがない。

岡部夫婦が大っぴらにいちゃつきはじめたのを故意に無視しておれはテレビをつけ、ソファに腰をおろした。岡部夫婦の四畳半趣味にそぐわぬ音楽番組である。交響曲なんか好きではないのだが、いやがらせにわざとチャンネルを変えずに見ていると、やがて妻がコーヒーを持ってマントルピースからあらわれた。

「今夜から、コーヒーに生クリーム入れることにしたわ」岡部家の豪華な料理を横眼で眺め、ほんの少し顔色を変えた妻が、おれの傍にすり寄ってきてそういった。

「そいつは、ありがたいな」おれはそういって、妻の肩に手をかけ、彼女をさらに抱き寄せた。「君はまったく、いい奥さんだね」

ちゅっと音を立てて妻の頰にキスすると、彼女は赤くなってもじもじした。

「お前、もっとこっちへお寄りよ」顔色を変えて、岡部氏が岡部夫人にいった。

「あらン。でも」眼もとを桜色にした岡部夫人が、色っぽく身をくねらせた。

「いいじゃないか。おれ、明日から出張なんだ。だからさ、な」岡部氏は腕をのばし、岡部夫人の手をにぎってぐいと引き寄せた。

ふたりが、熱演しはじめた。

おれたちも顔色を変え、ソファの上でいちゃつきはじめた。

「あなた。もう寝ましょうよ」興奮して息をはずませ、欲情に眼をうるませた妻が、大きな声でそういった。

「うん。寝よう寝よう」おれも馬鹿でかい声でいった。「二階の寝室へ行こう」

おれたちはこれ見よがしに腰を抱きあい、リビング・ルームの隅の階段を並んで二階へ登った。

二階へ登ると、リノタイルの廊下があって、まっすぐに奥へのびている。両側は壁である。

片方の壁には、家の前の道路に面した窓がある。もう一方の壁にはドアも襖《ふすま》も、つまり入口らしい部分はどこにもない。ほんとは、この壁の向こうにおれたちの寝室があるのだが、岡部家の方で、ドアの前に壁を作ってしまったために、中へ入れないのだ。だから、この壁の彼方にある寝室は完全に密封されてしまい、おれたちはこの寝室を使うことができない。

岡部家の方では、この二階の、おれたちの家の寝室に相当する部屋を、客間として作ったらしい。ところが連中の方では、階段を作る工事が遅れたものだから、やっと階段ができた時にはすでにおれたちの方の大工が天井を作ってしまっていて、やはり二階へあがれないことになってしまったのである。岡部家の階段というのはむろん、おれたちの階段とは別の場所にあり、それはつまりおれの書斎の頭上すれすれに作られているあの階段である。だから、階段を登ることはできるが、結局天井まで行き止まりという奇妙奇天烈《きてれつ》な階段が、この家にはもうひとつあるのだ。

どちらの家にしても、二階の部屋は使えなくなったわけだが、それでもおれたちはそれを無視し、さも二階があるように喋《しゃべ》り、振舞っているわけだ。

おれたちは二階の廊下をまっすぐに、並んで歩いた。廊下のつきあたりは、小窓のある壁である。おれは、この小窓の下の床にあるタイルを六枚ひっぺがす。そこから縄梯《なわばし》子《ご》が階下へ下がっている。おれたちは縄梯子を使って、一階の和室に降りる。

この和室は、おれたちの家にある唯一の和室で、客間として作っておいたものだが、今ではおれたち夫婦が寝室として使っている。ほんとは、おれも妻もベッドの方がいいのだが、和室にベッドは置けないから、しかたなく布団を敷いて寝ている。和室の好きな岡部夫婦が、台所の寝室でいやいやダブル・ベッドを使っているのと好対照である。

「ちょっと待ってね」

妻はそういって、畳を一枚持ちあげた。さらに根太板をあげ、その下から布団をとり出す。押入れの襖《ふすま》の向こうに、岡部家が羽目板を張っているので、おれたちは布団を床下へしまわなければならないのだ。

この部屋は、岡部家の庭に相当する部分である。だから部屋の隅に池があり、部屋のど真ん中に石燈籠《いしどうろう》がでんと置かれている。風情があっていいではないかと思う人もいようが、この部屋で寝る身になってみれば邪魔でしかたがない。

妻が布団を敷いたので、おれたちは裸になり、派手に一戦くりひろげた。はげしい動きに床が震動し、池の鯉《こい》が驚いてぽちゃんとはねた。石燈籠にぶつかって、あやうく下敷きになりかけたのも、いつものことである。そのうち夫婦揃ってぺしゃんこに潰《つぶ》れる日がくるかもしれない。

シャワーで汗を流すため浴室へ行こうとすれば、ふたたび縄梯子を登らなければならない。激しく愛しあった日など、手足が顫《ふる》え腰ががくがくして登れない時がある。そんな場合はたいていそのまま寝てしまう。

やっとのことで二階へ登り、廊下を歩いてまた階段をおりると、岡部家の四畳半には、すでに岡部夫婦の姿はなかった。台所のダブル・ベッドで、激戦を展開しているのだろう。

わが家の浴室は、岡部家の玄関にある。

つまり岡部家の訪問客は、がらり格子戸をあけて三和土《たたき》に入り、さらにドアを開いてわが家の浴室を通過しないと中へ入れないのである。

岡部家の玄関の間は二畳半だが、奥は床の間になっていて掛軸がかかり、その下には常慶に似せた楽焼きの皿と、わが家の洋式便器が並んでいる。

掛軸の絵にまでしぶきをとばしてシャワーを浴びながら、おれは便器にまたがってい
る妻に声をかけた。「おい。のどがかわいたな。台所へ行って、コーラを飲まないか」
「でも」妻がびっくりして、おれを眺めた。「でも、今行っちゃ、まずいわよ。だって、
岡部さん夫婦がベッドで」
「え。何だって」おれはわざと、とぼけて見せた。「岡部さんって、誰のことだい」
妻が、にやりと笑った。「そうだったわね。じゃ、行きましょ」
身体を拭《ぬぐ》っているおれの横腹を、妻が指さきでぐいと押した。「あなた、岡部さんの
奥さんの、裸を見たいんでしょ」
おれは、くすくす笑った。「お前だって、岡部さんみたいな、筋肉質タイプの男には
興味があるって、いってたじゃないか」
おれたちは、くすくす笑いあった。
「さあ、行きましょ。行きましょ」
「どんな反応を示すかな」
おれたちは期待に浮きうきして、手をとりあい、リビング・ルームからマントルピー
スを抜けて台所へ出た。
汗びっしょりで愛しあっていた岡部夫婦は一瞬、おれたちの気配を感じて動きをとめ
たが、すぐに気がついて、おれたちを無視し、それまでよりも激しく振舞いはじめた。
おれたちは冷蔵庫からコーラを出し、キチン・テーブルに向かいあってゆっくりとの

どを潤しながら、ちらりちらりと岡部夫婦の熱演を横眼で眺めた。

見られていると、かえって興奮するのか、岡部夫人が絶叫しはじめた。はじめのうちはいささか照れていた岡部氏も、だんだんその気になって太い声でわめきはじめた。シーツが、汗でぐっしょりである。

あっ、危い、ベッドから落ちるとおれが思った途端、クライマックスに達した岡部夫婦は、身をのけぞらしたはずみで、みごとにベッドから転落し、抱きあったまま勢いよくごろごろところがって、キチン・テーブルの足にぶつかった。

キチン・テーブルの足が折れ、まだ片附けていなかった皿や小鉢類、それにフォークなどが、がらがっちゃがっちゃと床に落ちて割れた。

「ぎゃっ」と、岡部氏が叫んだ。

「あ」

おれたちは、さすがにおどろいて立ちあがった。

ほら見ろ、馴《な》れないベッドでオーバーにやるからだ、と、一瞬そう思ったものの、岡部夫婦がいつまでも立ちあがれないでいるため、おれは少し心配になってきた。

岡部氏は、落ちてきたテーブルのかどで頭をひどく打ったらしく、額から血を流し、唸《うな》っている。岡部夫人の方は、どうやら脇腹をテーブルの足にたたきつけた様子で、歯をくいしばってうーうー呻《うめ》いている。

しばらく茫然《ぼうぜん》としてこの有様を眺めていたおれたちは、眼の前で人が苦しんでいるのにほっとくわけにもいかないから、眼くばせで介抱しようと決めた。

おれは岡部夫人の豊満な裸体を抱きあげ、ベッドに運び、青痣《あおあざ》のできている脇腹を濡《ぬ》れタオルで冷やした。妻も岡部氏を椅子に掛けさせ、傷の手あてをはじめた。

「おい。お前」やっと喋《しゃべ》れるようになった岡部氏が、夫人にいった。「この家には、どうやら透明人間がいるらしいな」

まだ、意地をはっている。

岡部夫人も、調子をあわせた。「そうらしいわね。今、傷の手当てをしてくれてるようよ」

「親切な透明人間だな」

「親切な透明人間ね」

どうやら最後まで、おれたちを見えないものとして押し通すつもりらしい。

岡部夫婦を介抱し終ったものの、こちらだって黙ってはひきさがれない。おれは急にあたりをきょろきょろみまわしてみせ、妻にいった。

「おや。おれたちはいつのまに台所にやってきたのかな」

「あら。ほんと」妻もすぐに調子をあわせ、周囲を眺めて首を傾げた。「たしか、寝室で寝てた筈《はず》なのに」

「ふたりとも、夢遊病になったのかな」

「そうかもしれないわね、さあ、寝室へ行きましょ」

「うん。そうしよう」

岡部夫婦を無視し、おれたちはふたたび二階の廊下を経て寝室へ戻った。

「岡部さんの奥さんって、ぶくぶく肥って、白豚みたいね」と、布団の中で妻がいった。

おれは妻に言い返した。「岡部氏だって、色が黒くてがりがりで、牛蒡《ごぼう》みたいじゃないか」

おれたちは互いに少し気を悪くし、寝返りをうち、背なかを向けあって眠った。

次の日、妻は朝から、心臓の悪い父を看病しに実家へ帰った。

岡部氏も、地方の支店へ出張とやらで、スーツケースをさげて朝から出かけていった。

日曜なので、おれは家にいる。

岡部夫人も家にいる。

家には、おれと岡部夫人のふたりきりである。

昼過ぎ、書斎で本を読んでいたおれは、コーラを飲みに台所へ行くため立ちあがった。

階段の裏側で頭を打たぬよう、腰を低くして立ちあがり、書斎を横切ってドアをあけ、ドアのすぐ向こうにある障子を開いた。

おれの家の廊下、つまり岡部家の庭に面した日あたりのいい四畳半では、岡部夫人が日なたぼっこをしながら編物に熱中していた。

障子の開く音に、彼女はおれの方を振り返り、小首を傾げてひとりごとをいった。

「おかしいわ。誰もいないのに、障子がひとりでに開いて、ひとりでに閉ったたわ」

たしかに障子は、岡部家の障子である。これを開かないと廊下に出られないのだから、しかたがない。

「やっぱりわが家には、透明人間がいるんだわ」聞こえよがしのひとりごとが続く。「でも、なんて親切な透明人間なんでしょ。昨夜はわたしの介抱をしてくれたし。おかげで脇腹の痛みも、すっかり治っちゃったわ」

遠まわしに、昨夜の礼を言っているらしい。

「でも、覗《のぞ》き趣味の透明人間なんて、やっぱりいやね。おちついて夫婦生活もできやしないわ」

今度は遠まわしのいや味である。

おれは彼女の肉づきのいいヒップに、わざと軽く足をひっかけ、派手に畳の上へぶっ倒れて見せた。

「おかしいな。何につまずいたんだろう」首をかしげて上半身を起し、手をのばした。

「ここには、何もないのに」

指さきが岡部夫人の尻《しり》に触れた。岡部夫人は頰をこわばらせ、身をかたくした。

「おや。ここに、何かあるぞ」おれは両手で彼女の尻をなでまわし、次第に上へとなであげていった。「やっ。これは女性の肉体だ。わかった。どうも、おかしいおかしいと思っていたのだが、それではやっぱりわが家には透明人間が住んでいたのか」

くすぐったいらしく、岡部夫人は身をくねらせ、あわてて立ちあがった。「ま、エッチな透明人間だこと。そうそう、お湯を火にかけたままだったわ」

彼女は台所の方へ歩き出した。岡部家の台所は、わが家の玄関に相当する。

「おや、玄関へのドアが、ひとりでに開いたぞ」と、おれはいった。「さては今の、女の透明人間、玄関の方へ逃げたな。追いかけてやれ」

おれが玄関の間に入っていくと、岡部夫人は下駄箱の上のガス焜炉《こんろ》から薬罐《やかん》をおろしていた。

「あらいやだ」彼女はくすくす笑った。「台所への障子がひとりでに開いたわ。透明人間ったら、まだわたしを追いまわす気なのかしら」傘立ての横の戸棚からカップを出して紅茶を入れはじめた。「透明人間さんにもお紅茶入れたげようかしらん。でも、透明人間さんが、お紅茶を嫌いってこともあるし、やめときましょ」

おれが紅茶を飲まぬことを、よく知っているらしい。

紅茶を持ち、あいかわらずくすくす笑いながらおれの前をすり抜けて、彼女はもとの四畳半に戻った。

「おや。また、あっちの廊下へ行ったらしいぞ」おれは彼女を追った。なんのことはない、子供たちのよくやる透明人間ごっこを、中年の男女が面白がってやっているのである。

岡部夫人はおれに背を向けて坐り、ふたたび日なたぼっこをしながら、紅茶を飲みはじめた。あっちを向いてはいるが、おれを意識していることははっきりしている。

おれは彼女の背後にしゃがんで、ゆっくりと彼女の胸に腕を巻きつけた。ゆたかな乳房がおれの両の掌の中で、ぐにゃりと潰《つぶ》れた。「あっ。ここにいた」と、おれはいった。「なんて、すばらしいおっぱいだろう。なんて豊満な肉体だろう。がりがりに痩《や》せたおれの女房とは、えらい違いだ。おれは以前から、こういう感じのグラマーにあこがれていたんだ。この透明人間は、きっとすごい美人にちがいないぞ」

うしろから彼女を抱きすくめ、うなじに軽く唇を押しあてると、岡部夫人はうっと声を洩《も》らしてのけぞった。

「ああ、あ。い、いやな透明人間ね。わたしの感じる部分を、ちゃんと知ってるんだわ」

さらに彼女を強く抱きしめたり、あちこちなでまわしたりしているうちに、彼女は息をはずませ、次第に向きを変えておれにしがみつきはじめた。

「あら。わたしったら、こんなことしちゃ、いけないわ。いけないわ」あえぎながら、おれの胸に顔をうずめた。「主人に悪いわ。わたしは貞淑な妻だったんですもの。今まで一度も、浮気なんか、したことないんですもの」

「女房に悪い。罪悪感を覚える」おれもしかたなく、そういった。

「でも、相手が透明人間なんですもの。姦通《かんつう》にはならないわ」

「ああ、そうだ。相手は透明人間だった。では、オナニーと変るところはないのだ」

おれたちは、さらに激しく抱きあった。

「まあ。よく肥ってるわ。この透明人間」岡部夫人は、うっとりした口調でいった。「主人みたいに、がりがりじゃないわ。いちど、こんな肥満体の人と愛しあってみたかったわ。すばらしいでしょうね。きっと」

彼女が唇を求めて顔をあげた。おれは彼女と接吻《せっぷん》した。すばらしい味である。手を彼女の太股《ふともも》へのぼそうとしたとき、庭で若い男の声がした。

「いよう。ご両人」

おれたちは肝をつぶし、相手からとびはなれた。

「いや。どうぞどうぞ。そのままで、そのままで。わっはっは。どうぞご遠慮なく」庭から入ってきたのは、おれの会社の同僚の饒本《じょうもと》だった。「こっちの方もアベックですからね」

彼はうしろに、このあいだ結婚したばかりの初々《ういうい》しい奥さんを従えていた。新婚旅行から帰ってきてすぐ、先輩のおれに挨拶《あいさつ》にやってきたのだろう。

「なあるほど。噂には聞いておりましたが、なるほどねえ、変った家ですなあ。ふうん。ああ。これは奥さん、初めまして。わたくし会社でいつもご主人に厄介になっております饒本。これが、この間結婚いたしました妻のもと子でございまして」彼はべらべら喋《しゃべ》りまくった。「しかしまあ、まったく仲おむつまじいことで。はあ。こっちも見ならわせていただきます。わはははは。ところで」彼は家の奥をのぞきこみ、あたりを見まわした。「今日はその、もう一軒の家の方のご夫婦はいないんですか」

「う、うん。ちょうど、夫婦とも出かけて留守だ」と、おれはいった。

「やあ。それはいい塩梅《あんばい》でした」饒本はほっとしたようだった。「こっちは、そのご夫婦を無視するのに、馴れとりませんからねえ」

「あっ、どうぞ、あの、おあがりになってください」と、岡部夫人がいった。

接吻の現場を見られてしまった以上、おれの妻の役割をつとめた方が有利であると判断したらしい。

「ここから、あげていただいて、かまいませんか」と、饒本が岡部夫人に訊《たず》ねた。

「どうぞ。どうぞ」岡部夫人が縁側のガラス戸をいっぱいに開いた。

「おい。饒本君たちを、リビング・ルームへお通ししなさい」と、おれは岡部夫人にいった。

「はい」と、彼女は答えた。

おれたちは饒本夫婦をリビング・ルームに案内した。岡部夫人はおれの家の台所からコーラやブランデーを運んできて、饒本夫婦をもてなした。

「わっはっは。なるほど、これは変った家ですな」饒本夫婦は家の中を見まわして、げらげら笑っている。

「奥さん。新婚旅行はいかがでした」と、おれは可愛い感じの饒本夫人に訊ねた。

「あら」新妻は顔をまっ赤にした。

「赤くなること、ないじゃないか、お前」饒本が眼尻《めじり》を下げて、新妻を抱き寄せた。

「だって」

おれたちと向かいあったソファに並んで掛けたふたりは、おれたちの前であるにもかかわらず、いちゃつきはじめた。

「新婚さんって、やっぱりいいわね。ねえ、あなた」岡部夫人がそう言いながらおれの手を握った。

「そうだね」おれも握り返した。

「そちらこそ、新婚以上に交情こまやかですな」饒本がそういって、ブランデーを飲んだ。「これはいいブランデーだ。お前もご馳走《ちそう》になりなさい」

「あら。わたし、酔っちゃうわ」

「あら。ご遠慮なくどうぞ」と、岡部夫人がいった。「わたしたちも、いただいておりますから」

皆でブランデーを飲み続けているうち、おれの内部で、さっき中断させられた欲情がぶり返してきた。岡部夫人も同様らしく、並んで掛けたソファの上で、次第におれにぴったりと身を寄せてきた。おれは彼女の肩を抱き寄せた。

饒本は顔色を変え、新妻と激しくいちゃつきはじめた。おれたちはそれを見て顔色を変え、もっと激しくいちゃついた。いちゃつきのエスカレーションである。最後は向かいあった二脚のソファの上で、ふた組の男女のペッティング競争になってしまった。

「ただいま」そういって、リビング・ルームに妻が入ってきた。

おれたちは、感電したように相手からぱっと身をひき離した。それにつられて饒本夫婦も、互いのからだをぱっと押しのけた。饒本が必要以上の力で新妻をつきはなしたため、彼女はソファからころげ落ちた。

妻は部屋の入口に立ち、蒼白《そうはく》になってしばらくおれたちを凝視していた。ペッティングに夢中になっていたため、おれたちの耳には彼女の帰ってきた物音が聞こえなかったのである。おれも、妻がこんなに早く戻ってくるとは思っていなかったので、肝をつぶすほど驚いた。

妻は何もいわず、さっと身をひるがえしてマントルピースの中にとびこみ、台所へ行ってしまった。興奮していた。

これは、えらいことになった、と、そう思い、おれと岡部夫人は顔を見あわせた。

「今のが、もう一軒の方の奥さんですか」饒本が訊《たず》ねた。

「え、ええ。そうですのよ」と、岡部夫人が答えた。

「互いに無視してる筈《はず》だったでしょう。それなのに彼女は、ただいまといって入ってきましたね」

おれは胡麻化《ごまか》した。「なあに。ご主人が先に帰ってきていると思ったんだろう」

その時、岡部家の玄関で、岡部氏の声がした。「おうい。帰ってきたぞ。台風がくるとかで、飛行機が欠航になった。出張は明日からだ」

岡部夫人が蒼白になり、がくがくと顫《ふる》えはじめた。

「お帰りなさあい。あなたあっ」妻が、マントルピースからとび出し、岡部家の玄関の方へすっとんで行った。

「おや。もう一軒の方の御主人が帰ってきたようですな」と、饒本がいった。「面白くなってきたぞ。これが見たかったんだ」

玄関で一切をおれの妻から聞かされたらしい岡部氏は、おれの妻といっしょに、すっかり夫婦気取りで部屋に入ってきた。

「あなた。お疲れだったでしょ。一杯お飲みになりますか」

「ああ。一杯飲もう。お前も早かったじゃないか。どうしたんだ」

「ええ。実家へ帰ってみたら、お父さん、もうすっかりよくなってたのよ。だから早く帰ってきたの」

岡部氏とおれの妻は、炬燵《こたつ》で晩酌をはじめた。

「さあ。お前、もっとお飲み」と、岡部氏がいった。

「あら。酔っちゃうわ」と、妻がいった。

ふたりが、いちゃつきはじめた。

おれと岡部夫人は、いささかほっとして、公然といちゃつきはじめた。

饒本夫婦も、顔色を変えていちゃつきはじめた。

岡部氏と妻は、これを見て顔色を変え、さらにはげしくいちゃつきはじめた。

そして、乱交パーティがはじまった。

陰悩録

「ひとりで、たのしんだりしては、いけないよ」

ママは、ときどき、ぼくに、そうゆいます。すると、ママは、ぼくが、ときどき、ひとりでたのしんでいることを、しっているのでしょーか。ぼくが、おふろの中で、いつも、ひとりで、たのしんでいることを。

でも、あれだけは、やめられません。

だって、あれは、とても、きもちがいい。

あんな、すばらしいことは、ほかにない。

だから、ぼくは、いつも、いちばんさいごに、おふろに入ります。

いちばんさいごといっても、ぼくのいえには、ぼくとママの、ふたりだけです。

だからぼくは、ママが出たあとで、おふろに入るのです。そして、ひとりで、たのしむのです。

まず、からだを、あらいます。

そして、おゆに入って、よくあたたまります。

ぼくが、おゆに入れば、もー、だれも、おゆに入るひとは、いません。だからぼくは、よくあたたまったあとで、おゆの、せんを、ぬくのです。おゆに入ったままで、せんを、ぬくのです。

そのときです。ぼくが、きもちのいいことをするのは。せんをぬいた、あなの上に、ぼくは、おしりのあなを、あてるのです。ああ。それは、なんと、きもちのいいことでしょー。

タイルのおふろは、とても大きくて、おゆは、ぼくの、くびのあたりまで、たっぷりある。だから、あなが、おゆを、すいこむ力はものすごい。

その、あなの上に、おしりのあなを、あてていますと、まるで、からだの中のものが、ぜんぶ、おしりのあなから、すいとられてしまいそーな、きもちになる。おしりのあながむずがゆく、それはもー、まったく、からだぜんたい、そして、あたまのしんまで、じーんと、しびれてしまうほど、いいきもちなのです。ほかの、どんなことよりも、いいきもちなのです。

こんないいことが、どうしてやめられるでしょーか。

だからぼくは、ママのいいつけにそむき、まいばん、おふろの中で、こっそりと、それをやるのです。

こんやも、ママが、おふろから出てきて、ぼくに、ゆいました。「さあ。おふろに、お入りなさい。出るときは、いつものよーに、せんを、ぬくのですよ」

ぼくは、すこしあかくなりました。そして、うつむきました。

おふろから、出たばかりのママは、とてもきれいだ。はだが、ももいろに、ひかっているし、いいにおいがするのだ。ぼくのママは、にほんいち、せかいいち、きれいなママだ。

ぼくがあかくなっているのを見て、ママは、にっこりわらいました。そして、ぼくの耳もとで、ひくいこえでゆいました。「ひとりで、たのしんじゃ、だめよ」

ぼくは、いつものよーに、いったいママがなぜ、そんなことをゆーのか、なんのことをゆっているのか、さっぱり、わかりませんとゆー、かおつきと、そぶりをしました。

それからぼくは、ひとりで、おゆに入りました。いっかい、おゆに、つかってから、いっかい、おゆを出て、からだをあらって、もーいっかい、おゆにつかりました。

それから、せんを、ぬきました。

せんは、おふろのそこの、ちょーど、まんなかにあります。だから、とても、おしりのあなが、あてやすい。

おしりのあなを、あなの上にちかづけます。

ゴーといって、あなが、おゆを、すいこんでいきます。すごい、力です。だから、あんまり、おしりを、あなにちかづけると、おしりが、あなに、すいついてしまって、あなは、おゆを、すいこまなくなります。そーなってしまうと、ちっとも、いいきもちではありませんから、やっぱり、おしりは、少しだけ、あなから、はなしておいた方がいいのです。その、かげんが、なかなかむずかしい。

少しだけ、はなしておくと、おしりが、あなに、すいつきそーになります。それを、むりに、少しだけ、はなしておくと、おしりのあなから、からだの中のものが、出て行きそーなかんじがします。おしりのあなが、むずむずして、とても、いいきもちです。

あんまり、いいきもちだったので、ぼくはまた、いつものように、少し、ぼーっとしてきました。

すると、そのときです。

とつぜん、いつもにないことが、おこったのです。

おしりのあなの、少しまえのところに、きんのたまの、ふたつ入っている、ふくろが、ぶらんと、ぶらさがっています。

あの、ふくろが、いきなり、あなの中へ、すいこまれてしまったのです。

あっ、と思う、ひまもない、できごとでした。ぼくは、あわてて、ふくろを、あなから、ひっこぬこーとしました。

「ぎゃっ」と、ぼくは、さけびました。

とても、いたかったのです。

なぜ、いたかったかとゆーと、きんのたまが、あなにつっかえて、出てこなかったからです。それは、ひどい、いたさでした。

きんのたまから、またの、うちがわのところへ、のびている、おなかの中の、すじが、きゅーっと、いたみました。それは、あたまのうしろが、がーんといって、なるくらいのいたさだったのです。

ぼくは、しばらく、うなっていました。

やがて、いたみが、おさまりましたので、ぼくは、かんがえました。なぜ、きんのたまが、あなにつっかえて、出てこないのだろーか、と。

だって、きんのたまは、あなの中へ、いちど、入ったのです。いちど入ったものが、なぜ出てこないのでしょーか。あなの大きさも、たまの大きさも、さっきと、かわりないはずです。それなのに、なぜきんのたまは、あなの中に入ることができて、出てくることができないのでしょーか。そんなことって、あるでしょーか。

こんどは、ゆっくりと、きんのたまを、あなから、ぬこーとしました。だけど、やっぱり、つっかえて、出てきません。なんどやっても、だめです。

そのうちに、やっと、なぜ出てこないのかが、わかってきました。

きんのたまは、ふたつあります。

あなに、すいこまれるときは、あなにちかい方の、きんのたまから、じゅんじゅんに、ひとつずつ、すいこまれたのです。だから、ふたつとも、入ってしまったのです。

でも、入ってしまえば、きんのたまは、ふくろの中で、だらりと、ふたつならんで、ぶらさがっています。だから、ひっこぬこーとしても、いっぺんに、ふたつは、出られませんから、つっかえるのです。だから、いたいのです。

それが、わかったからといって、ぼくにはどーすることも、できませんでした。もんだいは、どーやって、きんのたまの入った、ふくろを、おふろのあなから、出すかとゆーことなのです。

ふくろの、つけねが、あなの入口に、ぴったりと、すいついているため、おふろの、おゆは、ちっとも、へらなくなりました。だけど、へらない方が、いいのです。おゆがどんどんへれば、おふろから出られないぼくは、はだかですから、たちまち、かぜをひいてしまいます。

大ごえで、ママを、よびましょーか。

いや。いけません。そんなことをしては、いけない。

ママをよんだりすれば、ぼくが、おゆに入ったまま、せんをぬいたことが、わかってしまいます。ひとりで、いいことを、していたことが、バレます。そーなると、どんなに、しかられるか、わかりません。

ママは、やさしいときは、やさしいのです。でも、おこると、とてもこわい。ぼくが、ひとりで、いいことをしていたとしったら、ママは、きちがいみたいになって、おこるに、きまっているのです。

なんとかして、ひとりで、ぬかなければならない。

だって、ママがきてくれても、どーせ、なんにも、できないに、きまっているからです。なぜかとゆーと、ママは女です。女には、きんのたまも、ふくろも、ありません。

あながあるだけです。だから、どーやったら、きんのたまが、あなから出るか、そんなこと、しっているはずが、ありません。

おいしゃさんを、よんでくれるでしょーか。でも、おいしゃさんだって、きんのたまを、小さくする方ほーなんて、しらないとおもいます。

あるいは、おふろやさんか、だいくさんを、つれてくるかもしれません。でも、それなら、このおふろを、いっかい、ばらばらに、こわしてしまわなければ、ならないのです。しかし、タイルをはがして、バラバラにしても、ふくろのつけねには、まだ、あなの入口についている、きんぞくの、わが、くっついています。こんどは、それを、やすりで、きらなければならない。

なんて、めんどうなことに、なってしまったのでしょー。

やっぱり、ひとりで、なんとかして、ぬかなければならない。おおぜい、人をよんだりすれば、みんな、ぼくを見てわらいますから、あとで、ごきんじょの人たちに、あわせるかおがない。そんな、はずかしいことは、ぜったいに、いやです。

ああ。ああ。ああ。

なんとゆー、とんでもないことに、なってしまったのだろーか。

いつもは、こんなことに、ならないのに、なぜ、今日にかぎって、こんな、ひどいことに、なってしまったのだろーか。

いつもより、ながいあいだ、いつもより、あついおゆに、つかっていたため、ふくろが、きんのたまのおもみで、だらりと、ながくのびてしまい、そのため、あなに、入りやすくなっていたのだろーか。どーも、そうのよーです。

ふつう、おゆをながす、あなの入口には、十じのハリガネがついていて、大きなゴミが下水にながれて、下水どーがつまったり、しないよーになっています。

ところが、どうゆーわけか、ぼくのいえの、このおふろのあなの入口には、その十文じのハリガネが、ついていなかったのです。もしあったなら、こんなことには、ならなかったでしょー。なぜかとゆーと、きんのたまが、そのハリガネに、ひっかかるからです。

このおふろをつくった、だいくさんは、まさか、きんのたまが、すいこまれるとは、おもわなかったので、十文じのハリガネのついていない、きんぞくの、わを、あなの入口につけたのだとおもいます。そして、そのだいくさんはきっと、あなの上に、おしりのあなをあてるたのしみなど、まったくしらない、かわいそうな、かわいそうな、だいくさんです。

いや。そんなことは、どうでもいいのです。なんとかして、きんのたまを、あなから出さなければなりません。

ぼくは、けんめいに、かんがえつづけました。

ふと、きがつくと、おゆが、さっきよりも、ふえているよーです。

さっきは、かた、すれすれのところまであったのですが、今、きがついて、よく見ると、おゆは、ぼくの、あごをひたしているのです。だからやっぱり、おゆはふえている。たいへんです。

このままだと、ぼくは、おぼれて、しんでしまいます。おゆが、どんどんふえ、口や、はなから、ながれこんできたら、もー、おしまいです。いきができず、おゆをすいこんで、げほげほとむせて、また、おゆをすいこんで、しんでしまうのです。

立ちあがろうとしたって、きんのたまが、あなに、ひっかかっています。どうしよーも、ありません。

おふろの、ふちは、ぼくの、目のたかさにあります。だから、おゆが、あふれるまえに、ぼくは、おぼれてしぬのです。

と、いっても、ぼくのいえのおふろは、よそのいえのおふろとくらべて、そんなに、そこがふかいとゆーわけでは、ありません、これは、ぼくが、おふろのそこに、おしりを、ぺたんとくっつけて、すわっているため、おふろのふちが、ぼくの目のたかさにまで、きているのです。

では、なぜ、おふろのおゆが、ふえてきたか。

それは、すいどーの水が、ちょろちょろと、出つづけているためです。しかも、すいどーには、手がとどかないのです。

むりに、手をのばすと、きんのたまが、あなにしめつけられて、きゅーと、いたくなります。ものすごい、いたさですから、ぼくは、目をまわしそーに、なってしまいます。だから、すいどーのせんをひねって、水をとめることも、できないのです。いたいのを、がまんして、手をのばしますと、あと、一センチほどで、すいどーの、せんに、とどきそーです。でも、それいじょう、手をのばすと、きんのたまから、またの、うちがわへ、のびている、すじが、きりきりきりと、いたくなり、あたまがしびれます。むりに、すいどーのせんを、つかんだなら、ぼくは、きんのたまのいたさで、しんでしまうことでしょー。

ああ。どちらにしろ、ぼくは、しぬうんめいに、あるのだろーか。

おふろの、大きいのが、うらめしい。

大きなおふろがだいすきで、だから、だいくさんに、大きなおふろをつくってもらった、ママが、うらめしい。

おぼれてしぬのは、きっと、くるしいことでしょー。でも、だからといって、きんのたまを、あなにしめつけて、つぶしてしまうのは、いやです。いたいに、きまっているし、きっとそれは、今までに、あじわったこともない、ひどい、いたさでしょー。

そんな、いたいめにあって、しぬのは、いやだ。

おふろの中で、あなに、きんのたまをつっこんで、おゆにおぼれてしぬなんて、これいじょー、へんなしにかたは、ありません。みんなにわらわれます。

そんなしにかたは、いやだ。

そのうち、ぼくは、おゆの中で、りょう足を、ぐっとふんばって、せなかを、まっすぐにすると、ふくろのつけねと、あなとのあいだに、すきまができて、おゆが、ほんの少しだけ、ごおーっと、ながれていくことに、きがつきました。でも、それだって、おゆをすいこむ力が、つよいために、すぐに、ふくろのつけねが、あなにすいつき、ぼくはまた、おしりを、ぺたんと、おろしてしまうのです。そうすると、また、おゆは、ながれなくなってしまう。

また、りょう足をふんばると、おゆが、ごおーっと、ながれる。でも、すぐに、おしりをひっぱられて、ぺたんと、すわってしまう。

ごおーっ。ぺたん。ごおーっ。ぺたん。

これを、なんかいか、くりかえしているうちに、ぼくはへとへとに、つかれてしまいました。りょう足が、くたくたです。

でも、おかげさまで、おゆは、だいぶ、へったよーです。

ぼくは少し、あんしんしました。また、おゆがふえてきたら、また少しだけ、おゆをながせば、いいのです。

でも、いつまでも、そんなことをしてはいられません。そんなことをしているうちには、おゆが、だんだんぬるくなり、しまいには水になります。そうなれば、ぼくは、かぜをひきます。今は、ふゆですから、はいえんになって、しんでしまうかもしれません。

とにかく、きんのたまの入ったふくろを、早くとり出さなければなりません。でも、どーしていいか、わからない。

とつぜん、ふくろの、いちばん下が、なにか、ぬるりとしたものに、さわりました。

ぼくは、ぎょっと、しました。

だらりと、ぶらさがっている、ふくろが、きんのたまのおもみで、だんだんのびて、下水どーのそこの、ぬるぬるした、水の中にはえている、コケのよーなものに、とどいたのでしょーか。きたない、みどり色をした、あの、きみのわるい、ミズゴケに、さわっているのでしょーか。いや。ちがう。ちがうぞっ。

わー。きもちがわるい。

どうも、ミズゴケでは、なさそうです。

なぜなら、それは、ゆっくりとうごいているからです。

ぬるぬると、ふくろを、なめまわしながら、きんのたまに、からみつき、しだい、しだいに、上の方へ、ふくろの、つけねの方へと、のぼってくるではありませんか。

あっ。わかりました。

これは、ミミズです。

わあ。たすけてくれ。

ぼくはおもわず、おゆの中で、こしを、うかしました。

そのとたん、ぼくは、ぎゃー、と、さけびました。

また、きんのたまを、おもいっきり、ぎゅーと、しめつけてしまったのです。きんのたまの、さかさ首つりです。目のまえが、まっくらになりました。

なんだって、こんなくるしみを、あじわわなければならないのか。なんのために、こんな、きんのたま、などとゆーものが、あるのでしょーか。いったい、かみさまは、なんだって、人げんの男に、こんな、きんのたまなどとゆー、ぶさいくな、いやらしい、くるしいものを、あたえたもーたのか。

ああ、きんたまよ。きんたまよ。

いったいお前は、どこからきたか。

くるしみのせかいから、やってきたのか。

ああ。きんたまよ。きんのたまよ。

ねがわくば、きえてしまえ。おねがいだから、すぐに、なくなってください。

そんなことを、かんがえながら、うー、うー、うーと、しばらく、うめきつづけているうちに、やがて、いたみが、うすらいできました。

そーです。下水どーには、ミミズがいたのです。

ぼくは今、やっとそれを、おもい出したのです。

いぜん、ママといっしょに、りょこーに、出かけたことがあります。そのとき、おふろのせんを、ぬいたまま、出かけたのです。

りょこーから、かえってきて、おふろのふたを、あけて見ますと、なんと、おどろいたことには、からっぽの、おふろの中に、なん十ぴき、なん百ぴきの、ももいろをした、ながいながいミミズが、うようよと、うごいていたのです。

「ぎゃあっ」

ながいものの、だいきらいなママが、きぜつしました。

あのときのことを、ぼくは、今、おもい出したのです。

すると今、ミミズは、あの、ももいろをした、なん十ぴき、なん百ぴきのミミズは、ぼくのきんたまの、ふくろにまきついて、うようよと、うごめいているのだろーか。

ぼくの、ふくろを、しめつけ、なめまわしているのだろーか。

あまりの、おそろしさ、きみわるさに、ぼくは、ぞっとしました。

すると、また、きんのたまが、きゅーっと、いたみ出したのです。なぜでしょーか。じっとしているのに、きんのたまが、あなにしめつけられて、きゅーっと、いたむのです。

ああ、わかりました。

きんのたまは、こわいときには、おなかの中へ、入ってしまおーとします。

今も、きんのたまは、こわいために、あがろーとしているのです。だから、あなに、しめつけられるのです。

また、目のまえが、くらくなってきました。

それだけでは、ありません。

ぼくは、下水どーの中に、ミミズよりも、もっといやな、もっとおそろしい、どーぶつがいることに、きがついたのです。

ネズミです。

まるまると、ふとって、目を、あかくした、きばのある、はのとがった、ドブネズミ。あのドブネズミが、ぼくのいえの、下水どーにだって、いたはずです。あいつが、やってきて、下水どーの、あなの入口をふさいでいる、まるい、ふたつの、きんのたまの入った、ふくろを、もし見つけたら、どーなるか。

きっと、たべものだとおもうでしょー。

だって、あれは、ぐにゃぐにゃしていて、あたたかいからです。

じっさい、あれは、たべてみれば、おいしいものなのかもしれない。ドブネズミなら、おいしがって、たべるかもしれない。

あの、白い、とがった、はで、がりがりっと、かじるかもしれない。

もし、かじられたら、それはもー、たいへんです。たいへんな、いたさに、ちがいないのだ。それに、ネズミの、はの、どくで、ぼくは、しんでしまいます。

きのせいか、おしりの下で、ごそごそとゆー、ものおとがします。

いや、きのせいではありません。あれは、けむくじゃらの、まるまるとふとった、いやらしいどーぶつが走っているおとです。今ではもー、はっきりと、聞こえます。

わーっ、と、さけび出しそうになるのをこらえて、ぼくは、手で、おふろのそこを、どんどんと、たたきました。

ものおとは、しなくなりました。

でも、また、すぐに、ごそごそとゆーおとが、はじまります。

ぼくは、また、手で、おふろのそこを、どんどんと、たたきました。

ごそごそとゆー、ものおとは、こんどは、ほんの少し、ぴたりと、とまっただけで、またすぐに、はじまりました。ドブネズミとゆーどーぶつは、ずーずーしくて、あつかましい。だから、おどかしても、すぐに、なれてしまうのです。そのうちに、いくら、どんどんと、そこをたたいていても、へいきで、きんのたまのふくろに、かぶりつくことでしょー。

がぶりと、かぶりつかれたら、どれだけ、いたいことか。かんがえただけで、ぼくはもー、きがちがいそーに、なってしまいました。

そのとき、なにか、とがった、やわらかい、つめたいものが、きんのたまの、ふくろを、おしました。

きっと、ドブネズミの、とがった、はなさきです。

もう、がまんできません。

いくら、ママにしかられよーが、ごきんじょの人たちに、わらわれよーが、ドブネズミに、きんのたまをかじられて、しぬよりは、ずっとましです。

ぼくは、こえをかぎりに、さけびました。

「たすけてー。たすけてー。ママーっ」

ぼくの大ごえにおどろいて、ネグリジェすがたのママが、おふろに、かけこんできました。「ど、ど、どーしたのっ」

「ねえっ。ぬけないよっ。なんとかしてよーっ。たすけてよーっ」

「なにが、ぬけないのっ」

「ふくろだよーっ。きんのたまの入った、ふくろが、あなに入っちゃって、ぬけないんだよーっ」ぼくは、おいおいと、なきだしました。「もー、ぜったいに、ひとりで、いいことなんか、しないから、たすけてよーっ」

ママは、ぼくのありさまを見て、こしをぬかすほど、おどろきました。「まあーっ。たいへんだわ。どーしましょー」

「どーにか、してよーっ。おーいおい。おーいおいおい」

「わたしじゃ、どーにもできないわ。おとなりの、おじさん、よんでくるからね。がまんして、まっているのよ」

ママは、そーゆって、おとなりのおじさんを、よびに、ネグリジェのまま、いえをかけ出て行きました。

おとなりの、おじさんとゆーのは、ママとおないどしの、どくしんの、男のひとです。

ぼくは、このおじさんは、大きらいです。なぜかとゆーと、ときどき、よなかに、いえへやってきて、ママに、はなしがあるといって、ぼくを、しんしつから、ろーかへ、おい出してしまうからです。

ろーかは、さむいので、ぼくが、早くしんしつへかえってくると、おじさんは、ママといっしょのベッドで、はだかになって、ねています。そして、ぼくをにらみつけて、どなるのです。

あれはきっと、いいことを、しているに、ちがいありません。ときどき、ママが、ぼくに、してくれる、あの、いいことを、きっとふたりで、しているのです。

だからぼくは、おとなりのおじさんは、きらいです。

でも今は、そんなことをいってはいられません。ドブネズミに、きんのたまを、たべられるか、たべられないかの、せとぎわです。

ぐい、ぐい。

何かが、ふくろの、かわをつまんで、ひいています。きっと、ドブネズミが、くわえているのです。

「わー」あまりの、おそろしさに、ぼくはとーとー、おふろのおゆの中に、おもらしをしました。

そこへ、ママが、おとなりの、おじさんをつれて、もどってきました。

「いちど、ゆを、ぜんぶ、出さなきゃー」

おじさんは、そーゆって、めいわくそーなかおをしながら、おけで、おゆを、出しはじめました。おじさんが、きたないと、おもうといけませんから、おもらしを、したことは、ゆいませんでした。

おふろは、大きいので、おゆは、なかなかへりません。ママも、おゆを、かい出す、てつだいを、しました。

「ちぇっ」と、おとなりのおじさんが、したうちをして、ゆいました。「せわのやける、ばかだ。なんてーざまだい。四十づら、さげて」

「だって、しかたがないよ」と、ママが、ゆいました。「せいしんねんれいは、九さいなんだから」

「どうして、こんなばかと、いっしょに、くらすきになったのか、さっぱり、わからん」と、おとなりの、おじさんが、ゆいました。これは、おじさんの、口ぐせです。

ママが、へんじをしました。「だって、ぼく大な、おやの、いさんを、そーぞくしてるんだもん」

「ふん。かねが、目あてか」

「そーさ。かねさえありゃー、いくらでも、あそべるじゃーないか。だって、こいつは、ばかなんだものねー」

やっと、おゆが、ぼくのこしのあたりまで、へりました。おとなりの、おじさんは、ズボンを、まくりあげて、おゆに入り、ぼくの、ふくろのつけねを、ぐいと、つかみました。

「いたいよー」

ぼくが、さけびますと、おじさんは、こわい目でぼくをにらみました。

「ぎゃーぎゃー、さわぐな。ばか」

おじさんは、まず、ぼくの、ふくろの、右がわのつけねを、ぐっと、下へひっぱるよーにしてふくろのかわを、のばしました。それから、それとどーじに、左がわの、ふくろのつけねを、つまんで、上へ、ひっぱりあげました。すると、左がわの、きんのたまが、あなから、出てきました。つづいて、右がわの、きんのたまも、あなから出てきました。

ああ。どうしてこれに、きがつかなかったのだろーか。どうして、入ったときとおなじよーに、ひとつずつ、出すことに、おもいつかなかったのだろーか。ママや、おじさんの、ゆーよーに、ぼくは、やっぱり、ばかなんだなー。

「とれた。とれた。とれたよー」ぼくは、うれしくて、たまりませんでした。さっそく、立ちあがりました。

すると、おとなりのおじさんは、ぎょっとしたよーなかおで、ぼくの、おちんちんを、見つめました。

ふくろの、つけねを、いじりまわされていたため、ぼくのちんぽこは、ものすごく、大きくなっていたのです。

「ばけものだ」おとなりのおじさんが、あきれて、そう、つぶやきました。なぜか、ひどく、きずついたようなかおを、していました。

それから、うなだれて、そっと、ママに、ゆいました。「あんたが、なぜ、このばかと、わかれるきにならないのか、これで、わかったよ」

なぜでしょう。おとなりのおじさんが、そうゆーと、ママは、まっかになって、うつむいてしまったのです。

おとなりのおじさんは、しょんぼりして、かえって行きました。どーしてあんなに、がっかりしているのか、ぼくにはわからない。

それから、ぼくは、ママに、からだをふいてもらって、しんしつへ行きました。ママはなぜか、とても、しんせつでした。

ベッドで、ねていますと、ママが、すぐにぼくのよこへ、入ってきて、ゆいました。

「ねーあんた。ねーあんた。ねーあんた」

ママは、そうゆいながら、ぼくのちんぽこを、さわりました。ぼくのちんぽこは、もーちいさくなっていました。

「もー、うわき、しないからさー。あの男もも一、おそらく、こないしさー。だから、さっきみたいに、大きくおなりよ」

ぼくは、こたえました。「さっきは、おじさんに、ふくろを、いじりまわされたから、大きくなったんだよ。だから、もーいちど、ふくろを、いじってくれたら、きっと大きくなるよ」

ママは、つくづく、ぼくのかおをながめて、ゆいました。「まー、またへんなくせを、おぼえたんだねー。そんな、へんなくせが、ついちゃいけないから、こらしめてあげるわ」

そしてママは、とつぜん、ぼくの、ふたつのきんのたまを、力まかせに、にぎりしめました。

ぼくは、目をまわしました。

奇ッ怪陋劣潜望鏡

「あら。今五郎さん。あれは何かしら」と、治子がおれにいった。

昨日結婚したばかりだから、彼女はまだおれのことを「今五郎さん」などと呼ぶ。おれの名は遅《おくれ》今五郎という。おかしな名前だが、こんな変な名前のおかげで、逆におれは学校にも会社にも、遅刻したことは一度もない。

「どこだい。何も見えないよ」おれは治子の指さす海上を眺めまわしながら答えた。

おれと治子は新婚第一夜を伊豆のホテルで過し、早朝の海岸を散歩していた。海には朝の陽光が波にきらめいていて、何かが浮いていたとしても見定めようとするのは困難である。

「あそこよ」

「君は眼がいいんだね。ぼくには何も」そういってからおれは、大きく眼を見ひらいて立ちどまった。

「ほら。見えたでしょう。何かしら。棒杭《ぼうぐい》かしら。でも棒杭にしては変よ。頭の先がきらきら光っていて、おまけに、折れまがっているみたいよ」治子はそいつに指を向けたままで、喋《しゃべ》り続けた。

おれはびっくりして、声も出なかった。海岸から二十メートルほどの沖あいに、にょっきりと黒く一メートルばかり突き出ているそいつは、あきらかに潜望鏡だったからである。

「あれは潜望鏡だぞ」と、おれは叫んだ。「おかしいな。伊豆の海岸に潜水艦などいるわけはないのだが」

「へえ。あれが潜望鏡なの」昭和二十年代生れの治子は、潜望鏡などというものにはまったく馴染《なじみ》がない。「すると、あの下にナチスの潜水艦がいるのね」誰から聞いたのか、潜水艦はみんなナチスだと思っている。

「しかし、この海岸は遠浅だ。あんなところにまで、潜水艦がやってこられるわけはないんだ」おれはゆっくりと、かぶりを振った。「誰かのいたずらだろう。観光客を驚かしてやろうといういたずらだ。きっとそうだ」

「あらっ、あそこにも」治子が右手を指した。

もう一本の潜望鏡が、同じくらいの沖あいに突き出ていて、おれたちの方にレンズを向けている。

「こっちを見てるわ」治子がおれに身をすり寄せてきた。

「ふん。誰かが海に潜《もぐ》って、おれたちを覗《のぞ》いてるんだ。新婚だと思って、馬鹿にしやがって」おれは足もとの石を拾い、潜望鏡めがけて抛《ほう》り投げた。

石は潜望鏡すれすれに落ち、白い波頭を立てた。しかし潜望鏡は微動もせず、おれたちを睨《にら》み続けている。

「気味が悪いわ」治子はなおも、おれにぴったりとからだをくっつけてきた。

海面を見わたし、おれはまた眼を丸くした。潜望鏡はいつの間にか、三本にふえていた。しかもその三本めの潜望鏡は、海面からにょきにょきと突き出ている最中だった。三本とも、その陽光に光るひとつ目を、おれたちの方に向けている。

「まあっ。あそこにも。あらっ。あ、あ、あそこにも」治子の声が次第に、悲鳴に近くなった。

潜望鏡の数が十数本にふえた時、おれの膝《ひざ》が、さすがに顫《ふる》えはじめた。「か、か、帰ろう」

十数本の潜望鏡は、遠くに、近くに、左右の海上いっぱいに拡がって、一様におれたちを睨み続けている。

「け、け、警察へ行きましょう。早く」と、治子がいった。彼女は今やおれにしっかりと抱きつき、がくがくと、痙攣《けいれん》するように顫えていた。

「う、うん。そ、そ、そうしよう」

潜望鏡の視界から一刻も早く逃れようと、おれたちは足をもつれさせながら海岸から遠ざかった。逃げながら振り返ると、潜望鏡はおれたちを追っていっせいにレンズの向きを変えていた。おれはぞっとした。

警察がどこにあるかわからなかったし、治子が部屋で落ちつきたいというので、おれたちはとりあえずホテルに戻った。

治子をベッドに寝かせ、部屋から警察へ電話をしようとして、おれは考えこんでしまった。

潜水艦が二十隻近く海岸の傍に集結している。そんなことを警察が信じるだろうか。信じないに決っている。といって、抛っておくわけにもいかない。しかし、もし電話をして、警察がやってくるまでにあの潜望鏡の大群が影をひそめていたりしたら、おれは出まかせの嘘をついたと思われ、警察の連中からこっぴどくとっちめられるだろう。

おれは潜望鏡の存在を確認するため、もう一度だけ海岸へ出てみることにした。

砂浜に波が打ち寄せていた。海はおだやかで、何の変ったところも見られなかった。

そしてあの潜望鏡の大群は、消えてしまっていた。おれはしばらくの間、ぼんやりと海面を見わたし続けた。潜望鏡は一本も見あたらなかったし、いつまでたっても、それらしいものは二度とあらわれなかった。

では、あれはおれたちの幻覚だったのだろうか。だが、おれと治子のふたりが、揃って同じ幻覚を見るなどということがあり得るだろうか。特に治子などは、潜望鏡なんてものを今までに一度も見たことがない筈《はず》だ。

もっとも、戦争映画か何かで見た印象が心に焼きついていたということも考えられる。では、おれと治子が同じ幻覚を見たのだとしよう。とすると、おれと治子のふたりに共通するその原因はそもそも何か。

そこまで考えて、おれは治子と過した新婚第一夜、つまり昨夜のことを思い出し、そのあまりの狂態、破廉恥ぶりに、我ながら苦笑せざるを得なかったのである。あの、非人間的ともいえる過度の房事が、おれたちふたりの精神を一時的に錯乱させ、潜望鏡の大群などというおかしな幻像を見せたのではなかっただろうか。

ほんとのことをいうと、おれは昨夜まで童貞だった。

学校ではがり勉だったし、今の会社に就職してからも仕事だけにうちこんできた。といって、全く女に関心がないわけではなかったし、自分ではむしろ、ひと一倍、女性とか性行為とかへの好奇心が強かったのではないかと思っている。今から考えれば、その強過ぎる好奇心を押えつけるため、無理やり勉強や仕事に興味を持とうと努めたのではなかったかと思えるのである。

ひとつは、おれの不良化を防ごうと、おれの性的興味をよび起すようなものすべてを不潔なものとして否定し、おれの眼から遠ざけようとした母親、つまり徹底的教育ママだったおれの母親の影響もあるだろう。

一方、治子の方も似たようなものだったらしい。悪い虫がつかぬよう厳重な監視の下に箱入り娘として教育され、高校大学はむろん修道院じみた女子だけのミッション・スクール、卒業後も同性の友人と遊びに出かけることさえ滅多に許されぬ厳しい家庭に育ったのだから、もちろんのこと昨夜までは処女だったわけである。

童貞と処女の新婚第一夜なんてものは、だいたいにおいてうまくいかないものと相場がきまっている。ところがおれたちの場合は、偶然非常にうまくいった。悪いことには、うまくいきすぎた。何ごとも、度が過ぎると逆効果になってしまう。そのことが逆に、おれたちふたりの精神によくない影響をあたえたのではなかっただろうか。

うまくいったといっても、最初から餓《う》えたように相手の肉体を大胆にむさぼったわけではない。なにしろ両方とも初体験だから、いざベッドの中に入ってからも、ただおどおど、もじもじするばかり。意を決したおれが手をのばし、やっと彼女の柔らかな腰のあたりに触れるまでには、小一時間かかっていたはずだ。

ところが、いざという時になって、それまで羞《は》じらいにおれの胸へ顔を埋めていた治子がふと耳を立てて小声でつぶやいた。「ねえ今五郎さん。誰か、部屋の中にいて、見てるんじゃないかしら」

おれはあわてて治子のからだの上から身を引き、立ちあがった。実をいうとさっきから、おれ自身にもそんな気がしてならなかったからである。

電灯をつけ、部屋を見まわし、バス・ルームをのぞきこみ、念のためそっとドアを開いて廊下をうかがって見たが、もちろん誰もいない。

「気のせいだよ」おれは笑って彼女にそういった。

彼女は一応、納得したようだった。しかしおれにはそれからも、誰かがどこかからおれたちの行為を観察しているのではないかという気持を完全に拭《ぬぐ》い去ることはできなかったのである。治子の態度にもありありと、そんな様子が見えた。

もしかするとおれと治子の、それまでの過剰なほどの性行為への興味が、逆に自分たちの性行為に罪悪感を抱かせ、誰かから見られているという妄想を生んだのではないだろうか、と、おれはひとり海岸を歩きまわりながらそう考えた。その罪悪感が、さっきの潜望鏡妄想となってふたりの上に同時にあらわれたのではなかっただろうか。

さて、ふたたび行為に没入したおれたちは、誰かに見られているという妄想を抱きながらも、予想外の歓びを味わうことができた。考えてみればこれもおかしな話で、性行為を見られているという一種の被害妄想があれば、ふつうなら片やインポテンツ、片や不感症に陥って当然の筈である。妄想があったために、かえって興奮したとしか判断のしようがない。

事実、一度味をしめてしまえばあとはもう加速度がつき、坂を転がる岩の如く、おれと治子は下半身血だるまになって全身汗と体液と唾《つば》とよだれにまみれ、ベッド狭しと大格闘、宵の口に五マイル、深夜に二マイル、明け方にもさらに三マイルと、全力で疾走し続けたのである。巷《ちまた》にあふれる数多くのヌード、セミヌード、エロ本、ポルノ雑誌に性知識を植えつけられ欲情を刺戟《しげき》されていながら、童貞のままで長い独身時代を過したおれにとって、治子のからだは汲めども尽きぬ歓喜の泉であり、飽くことなき探求心の対象であり、それまでに空想していたことすべてを実験してみることのできる愛すべき己が所有物だったのだ。

それはまた、治子とて同様だった。いかに箱入り娘とはいえ、たいていの女性週刊誌には色情狂的センセーショナリズムのセックス記事が満載されているから、これを読まなかった筈はないので、性知識に関していえばむしろおれよりずっと詳しい筈だった。いったん羞恥心《しゅうちしん》がなくなれば文字通りはじめは処女の如く終りは淫乱《いんらん》の如し、結果的に考えれば教育されたのはむしろおれの方だったろう。バケツの水をぶちまけたような状態のベッドの上で、治子は何度も何度もおれに武者振りついてきた。あえぎ、鼻を鳴らし、痙攣《けいれん》し、のけぞり、嗚咽《おえつ》を洩《も》らし、悲鳴をあげ、白眼を剝《む》き出し、おれの肩にかぶりつき、絶叫し、おれの髪を掻《か》きむしり、そして失神までした。

いくら何でも、さっきまで処女だった女が失神なんかする筈がないので、これはやはり演技だろうが、彼女の熱演に調子をあわせたおれの方は、明け方になればもはや耳に耳鳴り眼に霞《かすみ》、頭の中ではのべつ大砲が轟《とどろ》き、腰の関節の蝶番《ちょうつがい》ははずれ、瞼《まぶた》の裏には火花飛び散り舞い踊り、脳裡《のうり》には渦状星雲がものすごい速度で生成死滅するというひどい有様。その上波のようにうねる治子の腹筋によって、はずみがついてバウンドして前後数回まっさかさまにベッドから転落し頭を強打しているのだから、ある程度後遺症が残っていなければむしろおかしいくらいである。

したがって、おれにしろ治子にしろ、昨夜は延べ二、三時間しか眠っていない勘定になるわけで、海岸へ連れ立って出てきたのも、朝がた激しく愛しあった直後だったのだ。

おれは、もはや頭上近くにまで昇った太陽を、ゆっくりと見あげた。太陽は噂にたがわず、黄色い渦巻きにしか見えなかった。自分の感覚が正常でないことをおれはその時はっきりと悟り、海岸でアラビア人を射殺した「異邦人」のムルソーの眼にも、きっと太陽がこんな具合に見えたのだろうと信じた。

おれは潜望鏡がおれたちふたりの妄想だったに違いないと判断し、治子の待つホテルの部屋に戻った。

ベッドの治子は昨夜の疲れでぐっすりと眠りこんでいた。寝苦しいのか毛布を蹴《け》ちらし、薄くピンクがかった乳白色の大腿部《だいたいぶ》をまる出しにしていて、先端がつんと上を向いた可愛い鼻からは軽い寝息を洩《も》らしている。

どこにそんな元気が残っていたのか、おれはまたもや激しく欲情してしまった。もはや己れの色ぼけ加減浅ましさに愛想を尽かしている余裕もなく、おれは鼻息を荒くして胸をどきつかせ、情事への期待にがくがくと顫《ふる》える手であたふたとズボンを脱ぎ捨てるや否や、ぱっと治子におどりかかった。

快い眠りを妨げられた治子は、最初のうち不快そうに唸《うな》っていた。寝ぼけ眼を開いてもまだ夢うつつで、何をされているのかよくわからず、気がのらぬ様子だった。やがてはっきり眼が醒《さ》めて、おれの胸の下であたりをきょろきょろ見まわした。

一瞬後、昨夜の記憶をとり戻したのか、彼女はぎゃあああとわめき、おれを激しく抱き返してきた。そしてまたもやおれの肩に嚙《か》みつき、あろうことかあるまいことか、今度はおれの肉を六、七匁歯でむしり取っていったのである。その途端、おれたちが同時に絶頂を極めたことはいうまでもない。

「女は誰でもみんな、突然あんなに興奮するものなのかい」おれは肩から血を流したままでぐったりと彼女の胸に顔を埋め、そう訊《たず》ねた。「だしぬけにあんな具合に興奮されたのでは、こっちがまごつく」

「そうじゃないわ」治子はサイド・テーブルの花瓶を指さし、顫《ふる》える声で答えた。「あの花瓶の中から、小さな潜望鏡が出てきたのよ。それを見たとたんに興奮しちゃったの」

「何だって」おれは花瓶を眺めた。

花瓶には赤い薔薇《ばら》が入っていた。潜望鏡は見えなかった。

「さっき、たしかに出てきたのよ」と、治子がいった。「ねえ。わたしたち、精神異常者になったのかしら」

「おれたちのこの悪魔的連続的な性行為が、そもそも一時的な錯乱なんじゃないかな。そうとしか思えない」と、おれはいった。だいいち、潜望鏡を見て興奮するなどということが狂気に蝕《むしば》まれている証拠である。「警察なんかに電話しなくてよかった。新婚旅行で精神病院に行ったなんてことになったら、皆から笑われる」

コーヒーでも飲めば少しは正気に戻るだろうと思い、電話でルーム・サービスに注文している時、バス・ルームに入っていた治子がひいと叫んで、はだかのままとび出してきた。

「どうしたっ」

「便器にしゃがんでいたの。そしたら、す、す、吸込口から」

「潜望鏡が出てきたというのか」

治子は、はげしくうなずいた。

おれはすぐバス・ルームへとびこんで便器を眺めた。細い潜望鏡が、すうっと吸込口に消えて行くのが見えた。

「いやらしい潜望鏡だわ」治子はかんかんに怒っていた。「わたし、まともに見られたんだわ」

ふたりの人間に共通する妄想は、そのふたりの間では、もはや妄想とはいえないのではないか、おれはそんな気ちがいじみた思いにとらわれはじめていたが、治子の方はおれほど潜望鏡のことを気にしていない様子だった。部屋のソファで並んでコーヒーを飲みながら彼女はおれに、このまま次のホテルへ直行しようなどといいはじめたのである。ほんとはあちこち見物してまわる予定があるのだが、もはや性行為の素晴らしさに完全に酔ってしまっているらしい。

おれも同感だった。性行為、こんな無限の可能性を秘め歓喜に満ちた、いやらしくも面白おかしく、しかも滑稽《こっけい》で神聖で、当然のことながら猥褻《わいせつ》で、しかも奥床しいという怪《け》っ態《たい》なものが他にあろうか他にない、またとあろうかまたとない、よしそうと決れば善はいそげ、下らない観光コースなんか省いてしまって早速次のホテルへ直行しすぐにまたおっ始めようではないか、そうしようそうしよう、そうしましょうそうしましょうなどと喋《しゃべ》っている最中、おれたちはまたもやきゃっと悲鳴をあげて抱きあった。テーブルの上に置いたふたつのコーヒー・カップのどろりとした琥珀色《こはくいろ》の表面から、小さな潜望鏡が一本ずつあらわれてじっとおれたちを睨《にら》んでいたのである。

それからも潜望鏡は、おれたちの行く先ざきにあらわれた。次のホテルではバス・タブの石鹸《せっけん》の泡の中から突き出てきたし、夜の食事の時には味噌汁《みそしる》の中からあらわれた。翌朝、ポタージュの皿の中から出てきたやつなどは、皿のあっちの隅にあらわれて、スープをかきわけながらこっちへ突進してきた。

透明のコップに注いだ透明のレモン水の中から、万年筆ぐらいの太さのやつがあらわれた時は驚いた。潜水艦が見えるかと思って、いそいでコップの底を透かし見たものの、水面下には何もなく、ただレモン水の表面から潜望鏡が直立しているだけだったのである。洗面台に水を張って顔を洗おうとした時も同様、にゅっと突き出た潜望鏡の底には何もなかった。しまいには水道の蛇口からさかさまになって出てきたりした。数日間の新婚旅行を終え、アパートの一室のささやかなスイート・ホームに落ちついてからも、潜望鏡はおれたち夫婦につきまとった。そのころになると治子は、もはやおれを今五郎さんとは呼ばず、単にイマゴローと呼び捨てるようになっていた。といっても、亭主のおれに対して大きな顔をしはじめたということではない。突拍子もない場所へ潜望鏡があらわれるたび、あっと驚いて「イマゴロー」と悲鳴まじりにおれを呼びながら逃げてくるという変な癖がついたため、それ以外の呼びかたができなくなってしまったのである。

最初、潜望鏡は、おれたち夫婦が一緒にいるところを盗み見ようという意図で出現しているかに見えたが、そのうちにおれがひとりでいる時にも、妻だけしかいない場所へも、どんどんあらわれはじめた。また、潜望鏡は、少しでも液体のあるところには必ず姿を見せた。

雨あがりの朝、会社へ出勤するため郊外電車の駅へといそぐおれを見送るかのように、道路にできた無数の水たまりからそれぞれ一本ずつ、無数の潜望鏡が突き出てレンズをおれに向けたこともあった。地べたから潜望鏡が群生しているかのような異様な光景だったが、おれはすでに彼らに馴れてしまっていたので、さほど驚かなかった。会社でも、潜望鏡はしばしばおれのデスクのインキ壺《つぼ》の中からいつの間にかあらわれ、おれを凝視していた。

一方おれたち夫婦の性生活はといえば、自分たちでもあきれるほどエスカレートするばかり、もはや人間の業《わざ》ではなく、悪魔の仕業だなどと自嘲《じちょう》しながらも、夜ごとに過激さの度を加えるばかりだった。しかもどこからか潜望鏡がおれたちの行為を見ていない限り満足できないという状態にまでなりはじめていたのである。

「ねえ、イマゴロー。いっそのこと、潜望鏡があらわれやすいように、洗面器にお水を入れて、枕もとに置いときましょうよ」ついにある晩、治子がそういい出した。

その夜は枕もとの潜望鏡が、確実に自分たちを見ているという意識から、常にない興奮を味わったものの、その次の夜ともなればもう、洗面器ひとつだけでは満足できない。では今夜はバケツも、次の夜は洗い桶《おけ》もという具合に、潜望鏡用の水の容器は毎晩ひとつずつふえた。しまいには一挙に数を多くすることにして、部屋の電灯をあかあかとつけ、おれたち夫婦の布団の周囲へ家にある容器という容器はすべて、ありったけの鍋《なべ》、釜《かま》、フライパンはいうに及ばず、茶碗《ちゃわん》にコップに皿小鉢、はては灰皿から爪楊枝《つまようじ》立てに至るまでを動員してずらりと並べ、長いの短いの、太いの細いの、大小五十数本の潜望鏡に取り囲まれ見まもられて、おれたちは今まで以上に熱をこめ、夫婦生活を演じはじめた。事情を知らない人間が見たら、もはや悪夢としかいいようのない、いまわしい光景だった筈《はず》である。そしてこの夜、治子は、筆舌に尽し難いほどの狂態を演じた末、イマゴローと絶叫するなり、またしてもおれの肩の肉を十二、三匁歯で引きちぎっていったのである。今度は大怪我《おおけが》だったから、おれは外科医院へとんで行かなければならなかった。

「やはりおれたちは、どう考えたって異常だよ」医院から戻ってきたおれは、痛さに顔をしかめて治子にいった。「友人が精神科の医者を知っている。いちどふたりで診察を受けに行こう」

おれに大怪我をさせたため、さすがに治子はしょげ返っていて、おれの提案にも異は唱えなかった。

「あなたがたも潜望鏡妄想ですか」

おれたちが診察室へ入って行くなり、いささかうんざりした調子をこめて若い医者がそういったため、おれはおどろいた。

「ははあ。すると他にも同じ症状の人が沢山いるんですか」

「最近結婚した真面目そうな若い夫婦は、ほとんどそうなんですよ」医者はおれたちを椅子に掛けさせて、話しはじめた。「独身時代、性衝動を抑圧した反動で、そういう妄想があらわれるんです。男性にしろ女性にしろ、独身時代はエロ出版物、セックス情報などに満ちたこのポルノ風俗に刺戟《しげき》され続けている。しかし現実には、性衝動のはけ口は滅多にありません。アナ場情報が百パーセント出たらめなら、繁華街ですぐ女性と知りあえるような印象をあたえる男性誌の記事もいい加減なものです。しかも真面目な男性ほど、そういうところへ行って見ることさえしないんですから、それらが現実に存在するように思いこんでしまう。もちろん、会社で女子社員に手をつけたりしたら、これはもう大変。結婚をせまられるか慰謝料をとられるか、どっちにしろ出世コースに大きく影響する。そこで欲求不満が生じます。一方女性の方はといえば、これはもう男性以上に行動を束縛される。フリー・セックスだなんだといったって現実は、依然として処女性を尊重しているわけですからね。こういう男と女が結婚する。今まで損した分を取り戻そうとして猛烈な房事にふける。精神に悪い影響があるのはあたり前です」

だいたい、おれの想像していた通りである。

「しかし、潜望鏡というのが、どうしてもわからないのですがね」と、おれは訊《たず》ねた。

「どうしてみんな、揃って潜望鏡妄想にとらわれるのですか」

「潜望鏡にはやはり、象徴的な意味がありますね。女性にとって潜望鏡は、男性を意味します。恰好《かっこう》がペニスに似ている上、女性はいつも男性から見られていることを意識している。一方、男性にしてみれば、今まで自分が見たい知りたい経験したいと思っていたことを現在自分がやっているわけだから、今度は誰かに見られたいという露出症的な傾向が出てきて、いわば被視妄想ともいうべき、この潜望鏡妄想に陥るのです。これはある程度、女性にもあてはまります」

過度の房事をくれぐれもいましめられて、おれたちは病院から帰ってきた。

さっそくその晩から性生活を慎もうと試みたものの、そんなに急に中断できるものではない。亀頭《きとう》が鬱血《うっけつ》し、それが常態になってしまっているから、無理に我慢していると発狂しそうになってくる。治子の方も同様、布団に抱きついてうーうー呻《うめ》き続けている。

一度だけならいいだろうと思ったのが悪かった。二度が三度とたび重なって、またもやいつもと同じことになってしまったのだ。

したがって、潜望鏡はいつまでたっても消え去ることはなかった。そして彼らはもう、水のある場所だけにとどまらず、少しでも水分のあるところならどこへでも出現した。炊きたての飯の釜の中から、頭へ飯粒くっつけてぬうーっとあらわれたこともある。

潜望鏡妄想の流行は、そのころから表面化し、社会問題になりはじめていた。重症の患者も出はじめていて、たとえばある男などは、十本の指さきすべてが潜望鏡になってしまい、満員電車の中などで女性のスカートの下に手をやって覗《のぞ》きこみ、ひとり楽しんでいたらしい。つまりこの男には窃視《せっし》症の傾向もあって、指さきの潜望鏡によって窃視していたのだ。ところがある時、たまたま覗かれた女性の方も偶然患者だったため、男の指を見て肝をつぶし、痴漢だといって騒ぎはじめた。男は逮捕されたが、警察では、妄想の女性恥部を妄想の潜望鏡によって見たことが猥褻《わいせつ》罪になるかどうかということで、この男の処置に困ったそうである。しかし刑事の中にも、この男の指は事実潜望鏡と化しているなどと主張する者が多かったらしいから、こうなってくると話は非常にややこしくなる。

つまり、おれが前に予想した通り、本当に、患者同士の間ではそれは妄想ではなくなりはじめていたのである。重症の患者になってくると、彼らにとって潜望鏡はただ見えるだけのものではなく、触れることさえできたのだから。

ひとごとではなかった。ついにおれも、ある日潜望鏡を触覚的に感じたのである。治子との行為の最中、しきりに陰嚢《いんのう》に冷たくあたるものがあるので覗きこむと、驚いたことに潜望鏡が治子の肛門《こうもん》から突き出て上を見あげていたのだ。

今では、おれの顔の皮膚の毛穴から生えているのは一本一本が細い針金のような潜望鏡である。朝になって髭《ひげ》を剃《そ》ろうとする時は厄介だ。髭の一本一本が潜望鏡だから、まるで針を剃っているようなもので、おまけに全部剃り終えるためには両刃の剃刀《かみそり》が十枚以上必要なのだ。

だが、具合の悪いことはせいぜいその程度で、平穏無事な日常生活にさほど差し障りがあるわけではないから、おれは潜望鏡を見ても気にしないことに決めた。潜望鏡ぐらいのことで性生活を犠牲にすることなど、とんでもないことだと思いはじめたのだ。このつまらない現実社会の中で、性生活に替る楽しみが、いったいどこにあるというのか。むろん、激しい性生活はおそろしくスタミナを消耗するから、おれの会社での仕事の能率は、独身時代に比べてぐっと低下した。しかしこれはおれ以外のほとんどの既婚者がそうなのである。気にするには及ばない。能率などには関係なく、どうせ歳をとるにつれてエスカレーター式に地位も給料もあがって行くのだ。

「今におれのペニスが、潜望鏡になってしまうかもしれないぜ」ある晩おれは治子にそういった。「そうなると、おれの方はつまらなくなるな。何も感じなくなってしまうかもしれん」

治子は黙っていた。あきらかに彼女は、そうなるのを期待していた。被視感をからだの中で感じることができる上、先端が折れ曲っているからだろう。

郵性省

美女の大便はでかい、という記事を読んで益夫は猛烈な衝撃を受けた。記事、といっても二流週刊誌のカラー・ページの記事であるから、嘘か本当かよくわからない。たいてい嘘であろう。

だが、それにしてもその記事はよくできていた。つまり、読者をなるほどと思わせる説得力を持っていたのである。

書いているのは医学博士、心理学教授の肩書きを持つ大心地《おごころち》伝三郎という人で、益夫は高校三年生ながらも肩書きや地位にはまどわされない常識を持っているから、最初は話半分に読んでいたのだが、だんだん夢中になってその理屈にひきずりこまれてしまった。

その理屈というのは、こうである。

なぜ美女の大便がでかいかというと、それは、その女が美人であればあるほど肛門《こうもん》の括約筋の伸び率が大きいからである。では、なぜ美女の肛門が大きく開くか。それは美女におけるナルチシズムと自己顕示欲というふたつの心理が肛門に及んだ結果である。

ナルチシズムはリビドーを肛門愛の段階にとどめる。だから「あなたは美人ね」と人から言われたり、「わたしって、なんて綺麗《きれい》なんでしょう」と思ったりするたびに、彼女の尻《しり》の穴はだらりと大きく開いてしまうのである。

また、美女は、美女であればあるほど他人の眼を気にし、体面を重んじる。表情や行動に自己規制をあたえねばならないわけであるが、そのため緊張が続く。表情や行動に緊張があたえられた場合、その皺《しわ》寄せは他人の眼に触れぬ場所へあらわれる。すなわち肛門括約筋が弛緩《しかん》する。つまり尻の穴が開くのである。

尻の穴が開きっぱなしであれば、これは少しの圧力で当然驚くべき大きさの大便が出るのである。したがって美女の大便はでかいのである。

これが大心地博士の理論だった。

読み終り、益夫は考えこんでしまった。

益夫にはすばらしい美人のガール・フレンドがいる。高校の同級生で、しのぶちゃんという可愛い女の子なのである。してみると、あのつぶらな瞳にえくぼの愛らしい白百合《しらゆり》の如きしのぶちゃんも、あっと驚く巨大大便の生産者なのであろうか。

この考えは益夫に、はげしい性的刺戟《しげき》をあたえた。今までしのぶちゃんに関して想像したいかなるエロチックな事柄よりも、二倍も三倍もエロチックであった。肌理《きめ》こまかな純白のお尻の割れ目から、馬の陰茎にも似た太い黄褐色の大便を、もりもりと排出して盛りあげ白く湯気を立てているしのぶちゃんの姿を考えると、益夫は気も狂わんばかりの悩ましさに、とてもそれ以上じっとしていることができなくなってしまった。

じっとしていることができなくなったからといって、まさかしのぶちゃんの家へ駈《か》けつけ、彼女を抱きしめて性的願望を満たすというわけにはいかない。益夫はまだ高校三年生なのである。してみると益夫にできることはひとつしかない。いわずと知れたせんずり、オナニー、手淫《しゅいん》、マスターベーション、いろいろと呼びかたがあるが、結局はあの手首から先の上下運動である。

大学受験をひかえているため、益夫は鍵《かぎ》のかかる勉強部屋をあたえられていて、これは家族に発見されぬようオナニーするにはまことに都合がよい。益夫は立ちあがって窓のカーテンをしめ、ベルトはずす手ももどかしく、ズボンとパンツを脱いで下半身をまる出しにし、スプリング軋《きし》ませてベッドにひっくりかえった。猥想《わいそう》の対象は、もちろんしのぶちゃんである。

益夫は一度だけ、しのぶちゃんの家へ行ったことがある。その時は家の人がみんな留守で、家の中にはしのぶちゃんと益夫のたったふたりだけ、応接室のソファに並んで腰をおろし、二、三時間話しあった。話の内容は、学友のこと、大学のこと、旅行のこと、将来のこと、その他である。

ふたりが初心《うぶ》でなければ、想い思われの若い男女が二人きり、当然何ごとかが起る筈《はず》の時間だった。しかしふたりは高校三年生、互いに相手が異性であることを意識しすぎるほどに意識しているから、キスはおろかほんの少しの指さきの触れあいにさえ、どぎまぎ、おどおど、とても青春小説を地で行くようなあけっぴろげのセックス・シーンなどを展開できるわけがなかったのである。

しかし、手首の運動次第に早めながらの、益夫の空想の中では、ふたりはもっと大胆である。益夫はしのぶちゃんを抱きすくめ、ソファに押し倒すのである。しのぶちゃんは、「やめて」などと言いながらも、眼をうるませ益夫を強く抱き返すのである。とにかく空想のことだから、どんないやらしいことだってできるし、相手のしのぶちゃんにどんな振舞いを演じさせることだってできる。

好き放題の空想にふけった末、ついに益夫は恍惚《こうこつ》状態に達した。

その時である。

ベッドの上の益夫の姿が、忽然《こつぜん》として消失した。つまり、ぱっと消えた。

と、同時に益夫は、今まで空想していたその場所、すなわちしのぶちゃんの家の応接間の、床上一メートルほどの宙にあらわれ、ソファの上にずしんと落下した。

一瞬のうちに益夫は、自分の部屋のベッドの上から、一キロ以上離れているしのぶちゃんの家の応接室へと移動したのである。そんな馬鹿な、と言ったところで、ほんとなのだからしかたがない。

折も折、その応接室では、しのぶちゃんの家族全員が、食後のコーヒーでくつろいでいた。つまり一家団欒《だんらん》の最中だった。

家族というのは、しのぶちゃんのパパとママ、それに結婚適齢期でしのぶちゃん級の美人の姉さんである。これにしのぶちゃんが加わって、家族四人でコーヒーを飲んでいるところへ、ソファの上の宙を突き破って、下半身をまる出しにし、勃起《ぼっき》した陰茎をしっかり握りしめ、オルガスムスのため瞳孔《どうこう》を拡げ、うつろな表情をした益夫が落下してきたのである。しかも悪いことには、益夫が落ちたのはソファに腰かけていた美人の姉さんの膝《ひざ》の上だった。

「げっ」

「わあっ」

「きゃあっ」

家族全員が驚いて大きな悲鳴をあげたが、これは驚くのがあたり前、もし驚かなかったらどうかしている。膝の上へ生殖器丸出しの若い男に落ちてこられたショックのため、美人の姉さんなどはぎゃっと叫んで身をのけぞらせ、たちまち気絶してしまった。

落下した瞬間に射出された益夫の精液は、テーブルの上空に弾道軌跡を描き、しのぶちゃんの父親、造船会社重役の襞地《ひだち》氏が持っていたブラック・コーヒーのカップの中へ白い波頭を立ててぼちゃん、と、とびこんだ。

「き、君は、いやお前は、いや貴様は、だいたい、な、な、な」驚愕《きょうがく》のあまり口もきけず、襞地氏は眼を丸く見ひらいたまま、スプーンでコーヒーをかきまわすばかりである。

「益夫君」しのぶちゃんは、手で口を押えたまま、押し出すようにそう叫んだ。「益夫君じゃないの」

「まあっ。ではあなたは、娘のボーイ・フレンド」ヒステリー気味らしい母親がすっくと立ちあがり、怒りに唇をわなわなと顫《ふる》わせながら叫んだ。「なんて、いやらしい。高校生ともあろうものが。しのぶと絶交してください。不良です。これはPTAの総会にかけます。だいたい何ですか。ま、ま、まる出しにして。そ、そんな下品な。けだもの。けだものみたいなものをむき出しに。げ、げ、げ、下劣な。きい」

もはや何を口走っているか自分でもわからず、彼女は興奮のあまり、砂糖壺《つぼ》をつかんで益夫に投げつけた。

驚いた、という点では、益夫とて同様だった。射精の寸前、身がふんわり宙に浮くような感じがしたかと思うと、だしぬけに、今の今まで空想していたしのぶちゃんの家の応接室の、まさにそのソファの上へ落下したのである。しかも周囲には、愛するしのぶちゃんをはじめ、その家族たちが、自分の下半身を眼を見ひらいて見つめている。

しばらくは、何が起ったのかのみこめないで茫然《ぼうぜん》としていた益夫も、砂糖壺を投げつけられて、やっとわれにかえり、肝をつぶして立ちあがった。

「ひいっ。あわ、わ、わ」

驚きと同時に、彼はすぐ顔から火の出そうな恥かしさに襲われた。嫛地夫人が彼に投げつけた砂糖壺からは、粒のこまかいグラニュー糖がとび出し、それは汗にまみれた益夫の下半身一面に、白くべったりとくっついている。

まだ完全に萎縮《いしゆく》しきっていない砂糖まみれの陰茎を手で押え、益夫は大声で悲鳴をあげた。「ち、ちり紙をくださいっ」

全員が混乱しているから、誰かが何か言うたびに事態は収拾がつかなくなる。

「軽蔑《けいべつ》するわ。軽蔑するわ」気が顚倒《てんとう》したしのぶちゃんは、可愛い口をまっ赤に大きくあけ、泣きながら地だんだふんでわめき散らしている。

「この、こ、こそ泥め」襞地氏が立ちあがり、怒りに顔を赤褐色に変えてどなりはじめた。「不法家宅侵入だ。平和な家庭の平穏を乱す、ふ、ふ、不届き者」

「泥棒じゃありません」益夫はまた、大声で悲鳴をあげた。大恥をかいた上、泥棒にされたのでは浮かばれない。

「じゃあ、何だ。出歯亀か」と、襞地氏がわめき返した。「怪《け》しからん。他人の家の天井にへばりつき、自慰にふけるとはもってのほか」そんな蝙蝠《こうもり》みたいなことが、できるわけはない。

「ち、ちがいます。ちがいます」益夫がいくら弁解したところで、現に下半身まる出しで出現したのだから、どう思われてもしかたがない。

やっと正気に戻った姉さんが、ふたたび益夫の姿を見て、ひきつけを起さんばかりに泣きはじめた。「わたし、もう、一生結婚しません」

「警察へ電話しろ」襞地氏は夫人に叫んだ。「猥褻《わいせつ》物陳列罪だ。警官にひきわたす」

「わあん」あまりのことに、とうとう益夫は大声で泣きはじめた。「助けてください」

「いつも、こんなことしてたのね」しのぶちゃんは、まだ叫び続けている。「不潔だわ。

いやらしいわ」

「ちがうよ。誤解だよ。誤解だよ」益夫は涙と汗と、よだれと洟《はな》で一面ぴかぴか光る顔をしのぶちゃんに向け、べったりと床に尻《しり》を落し、そのままの恰好《かっこう》で彼女の方へいざり寄った。「誤解だよ。助けてえ」

「よ、寄らないで。そばへ寄らないで」しのぶちゃんは顔色を変え、今にも腰を抜かしそうな歩きかたで部屋の隅へ逃れ、壁にべったり背をつけて、はげしくかぶりを振った。「ああっ。こっちへ来ないで」

「まだ、狼藉《ろうぜき》に及ぼうとするかっ」益夫がしのぶちゃんに襲いかかるつもりと誤解した襲地氏は、怒り心頭に発して、壁にかけてあったウインチェスター散弾銃の水平二連をとり、銃口を益夫に向けた。「撃ち殺してやる」

部屋の隅では襲地夫人が、受話器をとりあげ早口に何か喋《しゃべ》っている。

「ああん」もはや絶体絶命、体裁プライドすべて投げ捨てた益夫は、黄色いしぶきをあげて勢いよく床のカーペットに排尿しながら、合掌し、お辞儀をくり返した。「こ、こ、殺さないで」

壁に背をつけたままのしのぶちゃんは、なかば放心状態、天井の一角を眺めながら、うつろに呟《つぶや》き続けている。「不潔だわ。不潔だわ」

「はい。そうです。ええ、未成年者ですとも。こういう精神異常者を野放しにしておくなんて、警察はいったい、何をしているんですか。すぐ逮捕にきてください」

「わたし、もう、結婚しません」

「撃ち殺してやる」

「殺さないで。殺さないで。ぼくは死にたくない。花も実もある命です。ぼくを殺すと、あなたは後悔する」

「わたし、お嫁に行けないわ」

パトカーがやってくるまでの数十分、混乱はますますはげしくなって、ついには上を下への大騒ぎ、悲鳴泣き声怒鳴る声、近所の家の人たちが何ごとかと出てくるほどのやかましさである。

やってきた警官に手錠をかけられた益夫は、泣きじゃくりながら嬰地氏に懇願した。

「お願いです、ズボンを、ズボンを貸してください」

「いったい君は、ズボンをどうしたのだ」嬰地氏がいった。「どこへ脱いだのだ」

「ぼくの家です」

「じゃあ、下半身まる出しのまま、家からここまで走ってきたのか」警官はあきれて、そう訊《たず》ねた。「狂気の沙汰《さた》だ」

益夫がいくら真実を話したところで、誰も信用するものはいない。それは彼が警察へ連行され、呼び出された益夫の両親も加え取調室で刑事たちに、自分の異常な体験を逐一説明した時も同じだった。

「夢遊病じゃないのか」

「虚言症じゃないのか」

「精神鑑定の必要がある」

「分裂症かもしれん」

　とうとう精神病にされてしまった。

「自決しろ」思いもかけぬわが子の猥褻罪で呼び出された頑固者の父が、逆上して怒鳴った。「腹を切って恥をそそげ」

「ああ」病弱の母が貧血を起して、取調室の床へぶっ倒れた。

「ぼくはオナニーをしていただけだ」ついに益夫も、ほんとに半狂乱となり、咽喉《のど》も裂けよと叫びはじめた。「ひとりで、自分の部屋でオナニーして何が悪い。オナニーは健康にいいんだ。ぼくは食前食後にやるのです」

　だが結局は、未成年である上、ふだんは成績優秀でまじめな学生であるとわかり、一時的な錯乱であろうというので、夜遅くになってからやっと許され、益夫は両親とともに家に戻ってきた。

戻ってからもなお、死ね死ねとわめき散らす父親に、受験勉強の疲れで乱心したのでしょうと母親が泣いてとりなしてくれ、そのおかげで益夫はやっと自室に戻ることができたが、ひとりベッドの中で考えれば考えるほど、どうにも腹が立ってしかたがない。

　世の中のたいていの男は、ひと眼を避けてひとりこっそりオナニーをしている。そもそもオナニーというものは、もともとひと眼を避けてこっそりやるものであって、これを公開の席上で堂々とやったりすれば猥褻物陳列罪に問われる。そんなことぐらいは、いくら高校生とはいえ、益夫だってよく知っている。だからこそ、ひと眼を避けてやっているつもりだった。それなのに、なぜ自分だけがこんなひどい、極限状況的な、不条理な仕打ちを受けなければならなかったのか。なぜ自分にだけ、オルガスムスの瞬間に空間を移動するなどという超自然的SF的な現象が起ったのか。

いくら考えても、わからなかった。わからないのが当然で、わかるような前例がないからこそ気ちがい扱いにされたのだ。

そもそもあの二流週刊誌がいかん、と、益夫は思った。あれが自分を興奮させ、衝動的にオナニーをやらせたのである。さらにいうならば、あんな記事を書いた大心地とかいう学者が、自分をこんなひどい目にあわせたのだ。

よし、明日になればあの教授に電話して、ひとこと文句を言ってやろう、と、さらに益夫はそう思った。そういえばあの学者は、医学博士で心理学教授だから、もしかするとこの不合理な超物理現象の謎を、解いてくれるかもしれんぞ。明日、登校しなければならないと考えると、益夫は気が重かったが、なんとか自分の気持をなだめすかして、やっと眠ることができた。

さいわいにも、しのぶちゃんの家族は、益夫の将来のことを考えてか、あれ以上騒ぎ立てるのをやめ、学校にも黙っていてくれたようであった。次の日益夫が登校しても、学友たちは、前夜の事件を誰ひとり知らぬ様子だったので、益夫はほっとした。

しかし、しのぶちゃんの軽蔑《けいべつ》の眼だけは、胸にこたえた。失恋の傷手などという、なまやさしいものではない。初恋の相手から人格を疑われていて、もしかすると精神異常者と思われているかもしれないのである。もう彼女からは、声もかけてはもらえないだろう、そう思うと益夫の胸は、はり裂けそうに痛むのであった。

放課後、益夫はあの週刊誌を発行している出版社に電話して、大心地博士の住所を訊《たず》ねた。さほど遠方でもなかったので、益夫はさっそく、博士の家を訪問することにした。

あんな気ちがいじみた学説を発表するだけあって、大心地博士はやや常識はずれの学者だった。博士は予告もなしに訪れた益夫を何の疑いもなく書斎に通し、常識はずれの益夫の体験を面白がって終りまで聞いてくれたのである。

「それは、テレポーテーションの一種だ」聞き終ると博士は、益夫にそう説明した。「エクストラ・センソリイ・パーセプションの能力、つまりESP能力のひとつだ」

「日本語で言ってもらわないと、ぜんぜんわかりません」

「わたしゃずっと以前から、人間にはすべて超物理的な能力が潜在的にある筈《はず》だという意見を持っとった。特に身体移動すなわちテレポートの能力は、必ずあるじゃろと確信しておった。君のやったことは、もしかすると人間の潜在能力を開発するきっかけになるかもしれん。うん。こいつは面白くなってきおったぞ。わしは今日からさっそく、ほかの仕事はもとより、地位も財産もなげうって、君の能力の研究と開発に打ち込むことにする。君も協力してくれたまえ。すぐにやろう。今からやろう。おおそうじゃ」博士は興奮して、鎮静剤をむさぼり食いながら、踊るように書斎を歩きまわった。「君のその能力を、これからはオナポート能力と名付けよう」

「ははあ。オナポートですか」

「オナニー・テレポートすなわちオナポートじゃ。そうか。オルガスムスとは即ちこれ、自我の崩壊、自我が崩壊すれば、その底にある潜在意識やイドから、潜在能力が出てくるのは理の当然、わたしゃ今まで何故これに気がつかなかったのか」博士はますます興奮して、書斎中をぴょんぴょんとびまわりながら喋《しゃべ》り続けた。「自我の確立していなかった大昔の人類は、きっとオナポート能力を持っておったに違いないぞ。だから今でも、絶頂時に口走る、あの『行く、行く』という表現が伝わっとるのじゃ。そうに違いない」

かくして、この日から大心地博士と益夫の共同研究、オナポート能力開発実験がはじまったのである。

父や母は、実験の内容を知らないものだから、益夫を助手にしたいという、博士からの直接の頼みにあっさり応じて、毎放課後、益夫が博士の家へ通うことを、快く許してくれた。

共同研究とはいえ、益夫のやることといえば、博士の指示した場所から他の場所へオナポートする訓練だけ。とにかく若いから、一日数回のオナニーぐらいは何でもない。かえってすっきりして、邪念も浮かばなくなり、学校の成績も、よくなったくらいである。

最初はなかなか、うまくいかなかったが、十数日経つうちに、益夫のオナポート能力は飛躍的に高まった。つまり、射精の寸前、ぱっとある場所を思い浮かべると、必ずその場所へ移動できるようになったのである。

馴れるにつれて移動距離、移動範囲は拡がり、また、写真で見ただけの場所にまで移動できるようにもなった。

ついには、博士が雇った十三人の助手を使い、彼らに場所さえ確保させておけば、東京―鹿児島―札幌などという、とんでもない長距離移動さえ可能になったので、いよいよ今度は益夫が、大心地博士やその十三人の助手に、オナポート教育を施すことになった。

このころから、博士の研究を洩《も》れ聞いた早耳のマスコミが騒ぎはじめ、益夫のこと、オナポート能力のことが記事になって、新聞や週刊誌にでかでかと載りはじめた。

「博士の奇妙な研究！　または私はいかにして大学教授をやめオナニーを愛するようになったか」

「衝撃の告白！　超能力オナニスト千益夫その肉体の秘密！」

「マスター・オブ・ベーション大心地博士は語る！」

この記事を読んで、いちばん仰天したのは益夫の両親である。息子の健康を案じ、あわてて研究をやめさせようとしたものの、ここまでくるともう、世間がほっておかない。

博士も益夫も、連日連夜の取材攻めである。その上、訓練次第では誰でも持てる能力だというので、われもわれもとオナポート志願者が押し寄せた。

それだけではない。日本はもとより海外からも大勢の学者がやってくるわ、CIA、KGB《カーゲーベー》をはじめとする各国諜報《ちょうほう》機関の連中は日ごと夜ごと博士邸の周囲をうろちょろするわ、札束は乱れとぶわ、撃ちあいはおっ始まるわ、鉄道運輸関係の株は暴落するわ、PTAや主婦連は団結して反対運動を起すわ、オナポートを独習しようとして腎虚《じんきょ》で死ぬ奴は一日数十人単位で続出するわ、たった数日のうちに、いやもう日本国中上を下への大騒ぎになってしまった。

そしてマスコミは、そもそも自分たちが火をつけておきながら、これらの騒ぎを新しい公害と称し、マス・オナニーゼーションなどと呼んで、さらに騒ぎを煽《あお》り立てたのである。

そのころになってやっと、ことの重大性に気づいた政府が、あわててのり出してきた。とりたてて言うまでもないが、政府のやることは、だいたいにおいてタイミングがはずれている。

まず、オナポートが普及した際の混乱を取り締るために郵性省というのが設置され、有無をいわさず大心地博士がこの大臣に任命された。次いで、郵性省附属のオナポート研究所が建設され、この建物というのが、秘密漏洩《ろうえい》を防ぐため、二メートルの厚さの鉄筋コンクリートで囲んだ窓のない大きなビル。ドアはすべて厚さ一メートルの鉛でできていて、あまり重すぎて動かないため、人間はみな、横の木のくぐり戸から出入りし、さらに建物のいたるところへ、平均十センチ置きぐらいの間隔で防盗聴装置や防犯ベルが取りつけられているというものものしさである。ここの所長もむろん、郵性大臣兼任の大心地博士。

また、自衛隊の軍事力を強化するため、防衛庁内に自慰隊が編成され、隊長はもとより千益夫、さらに益夫からオナポート教育を受けた十三人の助手が教官になって、隊員の養成にあたることになった。

大心地博士や益夫を教授に迎えて、民間人用の国立オナポート学院は千葉県増尾《ますお》に設立され、この学校の中には日本郵性学会の事務局も作られたが、政府の圧力で、ここに入学しようとする者には厳しい資格審査が設けられることになった上、第一回の募集で合格したのが、すべて政府要員や体制に貢献する大実業家連中であったため、かんかんに怒った国民が、「オナポートの自由」「裏口入学絶対反対」「手淫《しゅいん》は平等、教育も平等」「せんずり独占粉砕」「自慰をわれらに」などと叫んで、連日デモをくり返した。

だが、このころになるとすでにオナポート習得術は、曲りなりにも一般にかなり広く伝わっていて、半死半生けんめいの独学で能力を体得したスーパー・オナニスト連中が、あちこちで個人レッスンをはじめていたし、ほとんどの週刊誌では「オナポート講座」「郵性道場」などを連載し、また「基礎オナポート入門」「郵性術総ざらえ五週間」などの入門書、手引書が書店に並んでいた。

オナポート人口は急激に増加した。そして尚も、ふえ続ける筈《はず》だった。今や、オルガスムスに達することのできる男女すべてに、オナポートが可能であることは、大心地博士の研究であきらかだったからである。

つまり、行く先の情景を脳裡《のうり》に焼きつけ、一瞬、自我を崩壊させることによって、肉体そのものを超時空間的なエネルギーに変え、そのエネルギーによって別の場所に同一の肉体を再構成するのである。だから、オナポートすること自体は、原理的にはいたって簡単なことなのだ。嘘だと思ったら、やって見たらいい。

しかし、オナポート人口がふえるにつれ、必然的に、これに関連するさまざまな弊害や事故も多くなってきた。特に、いちばん危険で、最も多い事故とされているものに、ジョウント爆発というのがあった。

オナポートによって別の場所に移動した場合、もしその場に他の物体があったり、ほかの人間がいたりしたとき、これは即ち、同一空間にふたつの物体が同時に存在することはできないという物理学の大前提によって、大爆発が起る。そのため、行く先の状態をよく確かめないでオナポートして死んだり、巻きぞえを食って爆死したりする人間が続出し、時には、ひとつのビルが吹っとぶぐらいの大爆発も起った。

もっとも、原則としては、行った先に空気があってもいけないことになるが、これは考えないことにする。なぜかというと、そこまで科学に忠実であっては、話が面白くならない上、そもそもこの話が成立しないからである。

行った場所に他の物体があっても、稀《まれ》には爆発しないこともある。即ちこれは何かの加減で、原子融合が起った場合である。行った先に壁があれば、オナポートした人間は、たとえば下半身だけを壁から突き出したり、背中の部分だけ壁にめり込ませた状態のまま動けなくなってしまう。こうなるとその人間は、一生壁にくっついたまま、壁の花として暮さなければならない。なぜなら、壁を壊そうとすれば、壁と原子融合しているその人間の肉体まで壊すことになるからである。

こういった、クイミング融合と呼ばれる事件は、たとえば、オナポートした美女のからだの一部分へ男がめりこんだり、同様に、オナポートした小学生が、カンガルーみたいに母親の腹の中へ、首だけ出してすっぽり納まってしまうという具合に、あちこちでたびたび起って大騒ぎになり、町ではしばしば、首がふたつに手足が八本とか、表側が男で裏側が女とか、表も裏も両面とも背中で、ただ大便を両側の尻《しり》から排泄《はいせつ》しているだけなどというおかしな人間さえ見かけられるようになった。

科学の成果には必ず公害がついてまわる。マスコミがマス・オナニーゼーションと名づけたこの大騒ぎ、特に、頻発するこれらの弊害や事故の対策に、政府は頭をかかえた。そのあげく、国立オナポート学院の卒業証書のないものには、オナポートを禁止しようではないかという、いわゆる「オナポート規制法案」が国会に提出されることになったのである。

これは結局、野党と大衆の猛反対で通過しなかったが、この時の国会は大騒ぎだった。

法案を無理やり承認しようとした議長の席へ、怒った野党の代議士がどっと押し寄せたため、揉《も》みくちゃにされた議長はたまりかね、椅子の上に乳白色のひと雫《しずく》を残し、ぱっと消え失せた。

ふつう、射精はオナポート直後にする筈《はず》である。それなのに、なぜ議長は精液を残して消えたか。それは議長が早漏だったからである。このことはたちまち世間に知れわたり、皆からさんざん笑いものにされ軽蔑《けいべつ》された議長は、とうとう恥かしさのあまり辞任してしまった。

かくてオナポートは公認となり、オフィスやデパート、官公庁やホテルなど、人の出入りのはげしい場所には必ずオナポート専用発着場が作られ、以後はポートといえばここを意味するようになった。

さすがにこれは、学校には設置されなかったものの、それでも遅刻しそうになった学生たちが、精液を砂にぶちまけながら校庭のどまん中にあらわれ、絶頂感自制しきれず、はっ、ふん、と鼻を鳴らしてぶっ倒れる姿は日常の光景となった。

ここまでオナポートが日常茶飯事になってしまえば、もはや益夫も、しのぶちゃんに対して何らひけ目を感じることはない。事実益夫は、遅刻しそうになったしのぶちゃんが、頰をまっ赤にして髪ふり乱し、お嬢さんにはあられもない恰好《かっこう》で校庭へ出現した姿さえ目撃している。益夫は大威張りでしのぶちゃんに、もと通りの交際を申し込んだ。

益夫は今や現代の英雄である。多忙を極める時の人である。しのぶちゃんの方に否やのあろう筈はない。かくてふたりは今度こそ誰はばかることない幸福な恋人同士になった。

人間なんてものは、まことに勝手なものである。昨日まではセックスをタブー視し、若者たちにオナニーの害を説いたりして余計な罪悪感植えつけておきながら、いざそれが社会生活に必要となってくると、とたんにあっちでもこっちでも猥褻《わいせつ》罪などあってなきが如き状態となり、老若男女なりふりかまわずオナポートの便利さ追求してやまないのだから、出たらめといおうか、いい加減といおうか、まったく文明なんて虚構の法律の上に作られたご都合社会だ。

街頭やデパートの売場で、時をかせごうとする若い女性が、だしぬけにスカートをまくりあげて、立ったままオナニーしはじめても、もはや誰も奇異好色の眼を向けようとはせず、やる方も羞恥《しゅうち》心など持たなくなってしまっていた。

新しい発明発見の蔭《かげ》には、いつの世にも犠牲者がいるもので、亭主のオナニー頻度がふえたため夫婦生活がうまくいかなくなり、女房族がいっせいに欲求不満に陥った。主婦連のオナポート反対運動はずっと続いていたが、これだけはどこにも圧力のかけようがないので、ヒステリーは嵩《こう》じるばかり。中には女房と愛しあっている最中、絶頂寸前に浮気の相手のことを思い浮かべたため突如消え失せる亭主もいたりして、上昇中の快感曲線中断させられた女房の怒りが爆発し、このため離婚件数がうなぎ昇り、一時は深刻な社会問題になった。

哀れをとどめたのは、一日十数回ものオナポートを強制されることになった多忙な人間たち、特に売れっ子のタレント連中である。テレビ・スクリーンに映し出されるのは、どれもこれも幽霊みたいな蒼白《あおじろ》い顔ばかり。ある時などは、出番に遅れたなおき・ちあみと奥林チヨが下半身まる出しでオナニーしながらスタジオに出現し、それが全国のテレビ受像機に映し出されたこともあった。

オナポート能力の海外流出を、外交政策上政府が極力防止したため、日本人はどこへ行っても引っぱり凧《だこ》になった。オナポート法伝授と引き替えに商談を成立させてくる商社マンが多く、このため日本人は欧米でセンズリック・アニマルと呼ばれることになった。

たとえ射精はしなくても、オルガスムスに達するだけなら四、五歳の子供にも可能である。オナポートのために、子供たちがますます早熟になったが、これもしかたのないことだった。

そのかわり、中、老年の死亡率がぐんと高くなった。特に多いのは往診をやる開業医や中年以上の敏腕刑事、地方での講演が多い文化人などである。特に開業医などは、正規の往診料以外に、一回数千円から数万円のオナポート往診料をとり、名の知れた医者などは老齢を口実に一回五十万円ものオナポート往診料をとって、医は迅術とばかり、急患が出るたびに、がめつく稼ぎまくったため、腎虚《じんきょ》でくたばる医者が続出、しまいにはとうとう医者の数が減ってきた。

外国へのオナポートも、理論的には可能な筈《はず》だったが、実際上、技術はそこまで進んでいなかった。だから航空会社、汽船会社は当分安泰の様子だった。しかし国鉄はじめ私鉄やタクシー会社は大打撃、猛烈な赤字が続いて、タクシー会社などはほとんど倒産してしまった。

郵性省には諸外国からオナポート技術導入の問合せや依頼が殺到し、特に軍事力の増強を必要としている国々からは、教官を派遣してくれという懇願が毎日のようにあった。政府は日本に有利な通商条約や貿易協定を交換条件として、これらのほとんどに応じ、各国に教官を派遣した。益夫の教え子である例の十三人の使徒は、世界中に出かけてオナポートの教えをひろめた。

かくて、オナポートのため、日本はますます繁栄した。益夫は国威発揚の功労者として勲一等旭日菊花正一位稲荷大綬章《くんいっとうきょくじつきっかしょういちいいなりだいじゅしょう》を下賜された。また、益夫の銅像が大量生産され、全国の公園に立てられた。下半身まる出しの益夫が、勃起《ぼっき》した陰茎握りしめ、うつろに眼を見ひらいている銅像であって、これはオナニー小僧と呼ばれ、のちのちまで国民に親しまれることになった。

ついに中華人民共和国から、訪日憂交使節団が、オナポート技術導入の申入れにやってきて首相と会談した。

「我国即是交通機関未発達」

「ふん。なるほど」

「若是、導入的郵性法技術、即鉄道不要、道路不要」

「その通りです」

「加是能合理的避妊。爆発的人口増加、唯一鄣性法能解決」

「まったくです」

「紅衛兵不知道手淫。中華人民共和国一生懸命請求、導入的鄣性法技術」

「わかりました。そのかわりこちらとしては、国交正常化、貿易再開を交換条件としたいのですが」

「哦。知道。我們、欣喜雀躍神社仏閣的水道完備瓦斯見込的当方未亡人。多謝多謝」

かくして日本と中国の国交は回復し、日本からはオナポートの教官が派遣されることになった。重要な任務であったため、鄣性技術団の団長には自慰隊隊長、千益夫がえらばれた。

軍楽隊が演奏する自慰隊の隊歌「センズリース・ブルース・マーチ」に送られ、益夫たち技術団の乗った船は舞鶴から出航した。のんびりした遊覧コースがえらばれたのは、多忙だった千益夫に少しでも休養をあたえてやろうではないかという、これは珍しくも政府の心づかい。船は一路上海へと向かったのである。

この船は『御手淫船《ごしゅいんせん》』と呼ばれ、歴史に残った。

日本列島七曲り

「こらあかん。こらもう、間にあわんわ」

おれはうめきながら、今日何度めかの絶望感で、からだをリア・シートに投げ出した。

「あと、十二分しかあらへん。一時の『ひかり』に乗られへんがな」

おれの乗った個人タクシーは、走り出して数分ののち、早くもさまざまな色と形と大きさの車で十重《とえ》二十重《はたえ》にとりかこまれてしまった。それからさらに十数分、いずれの車も、渋滞にはもはやあきらめきった態《てい》で、警笛も鳴らさず、ひっそりとうずくまったまま身じろぎさえしない。

「この分じゃ、日比谷《ひびや》あたりまで、ぎっしりですな」と、運転手がタバコを出しながらいった。「また高速で、事故でもあったんでしょう。それに今日は土曜日で月末。ま、一時の『ひかり』はちょっと無理でしょう」

「そら、あんたはよろし」おれは泣き声でいや味をいった。「信号待ちしてても料金メーターかちゃかちゃあがるんやさかい。そやけど、おれの方はどないしてくれるねん。四時までに大阪へ戻らなあかんねん」

「困りましたな。わたしにゃ、どう仕様もない」運転手はあいかわらず、のんびりした口調でそういった。

「あんた、なんでそない、のんびりしてられるねん」少しはこっちに調子をあわせて、いらいらしてくれたっていいのにと思いながらおれはいった。「腹、立てへんのか」

「腹を立てたって、しかたがないでしょう」中年の運転手は、なだめるように答えた。

「現在、東京都内の車の数は大小あわせて三百万台、こいつは毎年増加する一方で、道路の幅はたいして変らない。停滞するのはあたり前です。わたしゃもう、悟りの境地に達した。休みの日に、家でぼんやりしていることがよくあるでしょう。それならなぜ、車の中でぼんやりしていることができないのか、そう思いましてね。今じゃ車を、家だと思ってます」

「そやけどやっぱり、車は家にはならへん」

「なります」と、運転手はいった。「わたしゃ、この車の中で寝泊りしています。クーラーもあるし、家より快適ですな」

「家には帰らへんのですか」

「家はありません」彼はかぶりを振った。「だいぶ前に売りました。わたしは独身でね」

「そんなら、住所不定やがな。郵便はどないしますねん」

「郵便局の私書箱を利用してます」

「洗濯もんは」

「通りすがりのクリーニング屋に投げこみます」

「食事は」

「だいたい外食ですけど、トランクには小型の冷蔵庫も入ってます。ああ、お客さん、灰皿の横の蓋《ふた》あけたら、ウイスキーがありますよ。いらいらするのはやめて、一杯やったらどうですか」

「あんたが、うらやましい」おれは溜息《ためいき》をついた。

おれは従業員三十名という小さな繊維会社の社長である。もう数年前からの供給過剰でおまけに人手不足、大メーカーでさえ製品を抱えて弱っている現在、おれの会社のような小企業が今まで倒産せずにやってこられたのはむしろ不思議なくらいである。現に今だって、不渡りを出しそうになったため、東京へ金策にやってきたのだ。早く金を持って戻らなければ大変なことになる。おれのそんな苦労も見ぬふりをし、従業員は労組を作って騒ぎ立てる。生きているのがいやになるほどだが、あいにくおれは三十歳の若さで、しかも健康だから、死ぬにはまだ、ほど遠い。

さっきは国会議事堂の前を通ったが、中小企業対策をなんとかしろと怒鳴りこんだところで埒《らち》はあくまいし、事態はもっと切迫している。

しかも今日の四時半から、おれは大阪のホテルで結婚式をあげる予定なのだ。

こんなことなら、結婚式なんて、もっと先に延ばすべきだったな、と、そうも思ったが、先に延ばしたところで会社の景気が好転する見通しはぜんぜんない。

結婚の相手は圭子《けいこ》といって、もともと会社の従業員だったのだが、名前がおれの好きな藤《ふじ》圭子と同じであるという、ただそれだけの理由で、やけくそ半分に手をつけてしまい、とうとう結婚しなければならない羽目に追いこまれてしまった。色が黒くて痩《や》せていて、鷲鼻《わしばな》でがに股《また》、しかも口臭がひどいという、下らないくだらない女である。

それでも式には大勢を招待しているから、なんとしてでも四時半には大阪へ戻らなければならないし、結婚式の翌日に破産したなどという、人から笑われるような事態も避けなければならない。

いらいらしているおれにはおかまいなく、運転手は喋《しゃべ》り続けている。「公害公害と、ただわめいているだけじゃ公害はなくなりゃしません。それなら公害の元兇《げんきょう》である車の中で生活すればいいんです。車に乗ってりゃ車に轢《ひ》かれる心配はない。それにこの車は最高級の新製品で、浄気換気が完璧《かんぺき》だから、鉛や一酸化炭素も吸わずにすみます。天国みたいなもんです。この通りテレビやステレオまである。リクライニング・シートは広くて、アパートの四畳半で寝るよりずっと楽です」

とうとう一時を過ぎてしまった。

「この近所から、高速道路へ入れまっか」と、おれは訊《たず》ねた。「飛行機に乗ります」

「そりゃあ、どこからでも入れますがね」と、運転手はいった。「あなた、そんなにいそぐのなら、どうして最初から飛行機にしなかったんです」

「飛行機は嫌いですねん」おれは答えた。「あんな重い機械、空飛んでる方が不思議なくらいや。あら何かのまちがいで飛んでますんやで。そやけど、こうなったらもう、好き嫌い言うてられへん」

「飛行機が嫌いじゃ、現代に生き残れないよ、あんた」運転手が説教をはじめた。

タクシーは高速道路に入り、空港へ向った。空港へいそぐ車は多く、ほとんどの車がおれの乗った車を追い越して行く。

なぜみんな、あんなにいそいでいるんだろうな、と、おれは自分のことを一瞬忘れてそう思った。そしてすぐ、自分のおかれている状態を思い出し、誰もがみんな、おれのような切羽詰った立場にいるわけでもあるまいに、と、思った。きっと、いそぐのが流行《はやり》なのだろう。その証拠に、女房子供を乗せたマイ・カー族までが、あわただしげにこちらを追い越していく。土曜日だから、どうせどこかへ遊びに出かけるのだろうが、遊びまでああスピード・アップしたのでは、とてもレジャーにはなるまいに。

黙りこんでいるおれを気にして、運転手はしきりにおれのことを訊ね、何やかやと話しかけてきたが、もう返事する気にもならなかった。運転手は、おれの問題にかかわりあいたくないために話しかけてくるのだ、と、おれは思った。対話の時代とか何とかいって、やたらに他人の問題を知りたがる人間がふえたが、みんな他人の問題を軽く見て、それらすべてが自分の問題より小さいと感じて納得しているのだろう。それはかかわりあいではなく、逆に、かかわりあいを避けることだ。運転手が中小企業の問題に本心からかかわりあいたく思うわけがないのと同様、おれにとって公害なんてことは、正直いってどうでもいいのである。誰だって、そうに違いない。そしていかにも他人の問題にかかわりあっているかの如く、首をあちこちに振り向けながら、ただあわただしく走り来り、また走り去るだけなのだ。そうすることが現代の流行なのだ。

空港の建物が見えてきた時、運転手がいった。「あなた、大阪の人でしょう。それなら万国博は、もう見たんでしょうな」

「関係おまへんな。あんなもんは」万博騒ぎを知らぬわけではなかったが、こっちはそれどころではなかったのである。「勝手にやってくれ言いたいとこですわ」

「日本人なら、あれを見なきゃいけません」中年の運転手が、かぶりを振ってそういった。「そうだ。わしもこれから飛行機に乗って、万博見物に出かけるとするかな」しばらく考えてから、彼はうなずいた。「よし。そうしよう。せっかく空港まで来たんだ。これからちょっと行って、見てこよう」

あまりの気楽さに、おれはびっくりした。「金、持ってまんのか。仕事、どないしますねん」

「全国どこの支店でも引出せる銀行預金のカードを持っています。なあに、車は駐車場へ置いとけばよろしい。いわばこの気軽さこそ、個人タクシーの特権。それに万博見物は仕事でもあるのです。ちょうど来月号の『現代評論』に万博論を書いてくれと頼まれてるのでね」

おれは驚いた。「あんた評論家でっか」

「社会評論家、未来学会会員、国際公害シンポジウム開催委員、ま、肩書きはいろいろとあります」

「そんな偉い人とは知りまへんでした」

おれがぶったまげてそういうと、彼は鷹揚《おうよう》にうなずいた。

「現代の日本における最高の知識階級は、個人タクシーの運転手であるです。情報量の洪水に押し流されることもなく、ひとりでじっくり考える時間があるからねえ。そこいらのあわただしい軽薄文化人とは、ちょっと違うよ。はっ、はっ、は」

発券場に来てみると、すでに大阪行きはどの便も満席だったので、おれと運転手は予約の取消があるのを一時間半ほど待ち、やっと搭乗券を手に入れた。羽田《はねだ》発十五時五分の百二十人乗りジェット機で、つまり大阪空港へ着くのが午後四時前になる。

ジェット機に乗りこむと、おれの席は窓ぎわで、例の運転手と隣りあわせだった。やはり満席で、おれのうしろには中年の夫婦、前には農協の爺《じい》さん婆さんたちが坐《すわ》っていた。

機は、予定より少し遅れて離陸した。天候が悪いから、着くのが少し遅れるだろうと運転手がおれに耳打ちした。これ以上遅れてはたまらないと思い、おれはまた、いらいらした。

ごとん、ごとんと、階段を一段ずつ上って行くような、あのいやな感じの上昇が終って、機が水平飛行に移り、座席ベルトをおとり下さいというアナウンスがあった時、前の方の席にいた数人の若者が立ちあがって乗客を振りかえり、いっせいに日本刀を抜きはなった。

「騒ぐな。静かにしろ。おれたちはこの飛行機を乗っ取って北鮮へ行く」

「しめた」隣席の運転手が身をこわばらせ、にやりと笑った。「ルポを書いて雑誌に発表できる。ハイ・ジャック評論家になれる」

「おい。ひとりずつ手を縛れ」首領らしい若者の命令で、数人の男が乗客たちの手を順に紐《ひも》で縛りはじめた。

「あんたら、泥棒けえ」手を縛られながら、まだよく事情がのみこめていない様子の農協の爺さんがそう訊ねた。

「泥棒じゃない」と、若者が答えた。「飛行機を乗っ取るんだ」

「ではやっぱり、飛行機泥棒でねえか」

「うるさい。黙っていろ」

爺さんは、黙らなかった。「その日本刀は、本物けえ」

「先祖伝来家宝の名刀、菊正宗《きくまさむね》だ」

「そんな刀があるもんけ」爺さんが歯のない口をあけて笑った。

「黙ってろといっただろ」若者はすごい眼で爺さんを睨《にら》みつけた。「おれちよう、お前らみてえな土地成金のどん百姓が大嫌《きれ》えなんだ。つべこべぬかすと、野郎、ぶった斬るぞ」

「あれま、この人、高倉健《たかくらけん》そっくりだにい」と、婆さんがいった。「かっこいい」

乗っ取りグループの中には娘もひとりいて、おれの手を縛ったのはこの娘だった。

「あなたがたには何の恨みもありませんが」と、彼女はいった。「これもご縁です。縛らせてもらいます」

「あんた、赤軍派の学生かね」と、運転手が訊ねた。

「革命的赤軍派。最近赤軍から分派独立した、いちばん過激派の学生よ。よく憶《おぼ》えといてね」

操縦席からマイクで、機長がアナウンスしはじめた。「乗客の皆さん。この飛行機は革命的赤軍派の学生様御八名様御用達の栄を賜わり、これより日本海の金波銀波の上空を飛んで、一路北鮮へ参ります」

「機長、なんであんな浮きうきした声出してますねんやろ」

おれが訊ねると、運転手が答えた。「そりゃあ昇給できるし、国際線航路に変えてもらえる。悪いこたあひとつもねえやな」

「ただし、燃料が不足ですから補給のため、大阪でいったん着陸します。その時、希望者は機を降りてもいいそうです。どうぞ皆さん、騒がず、落ちついて、革赤派の皆さんのおっしゃることをよく守り、他のお客様のご迷惑にならぬよう、反抗的な態度はつつしんでください。これでいいかね」

「ああ、いいだろう」

マイクを通して、機長と学生の問答が聞えてきた。

「大阪で、弁当も補給してもらっていいかね」と、機長が訊ねた。

「もちろんだ」と、学生が答えた。「出雲屋《いづもや》のまむしがいいな。あんたも、好きなもの注文しろ」

「わたしはサザン・クロスの五千円の印度カレーにしよう。こういう時でもなきゃ食えないからね」

「ぜいたくなやつだ」

まるで物見遊山《ものみゆさん》の相談である。

「どうもみんな、不まじめだな」運転手が、しぶい顔をした。「これじゃ、ルポを書いても迫力が出ないよ」

自分だって不まじめじゃないか、と、おれは思った。見まわすと、乗客のほとんどが面白そうににこにこ笑っている。

「とうとう、出くわしましたな」

「ああ。ついに出くわしましたな」

まるでハイ・ジャックに出会ったのが嬉《うれ》しくてたまらぬ様子だ。

「わたしなどはあなた、新幹線の利用をやめて、ここのところずっと飛行機だったんですよ。いつか出くわすだろうと思っていましたがね」運転手の隣りの、通路側の座席にいる私立大学の総長だという紳士がそういった。期待が満たされた嬉しさのためか、だらしなく満面に笑みを浮べている。

「どうですあなた。大阪で降りますか」と、大学総長が運転手に訊《たず》ねた。

「とんでもない。こんな機会は滅多にあるもんじゃない。わたしゃ殺されたって降りない」運転手はそういって、次におれに訊ねた。「あんたはどうです。北鮮へ行きますか」

「行かいでか」と、おれはいった。「この機会に、なんとかして蒸発したろ。もう大阪へなんか、戻れへんぞ」

「降りる人間が、ひとりもいないんじゃないかな」大学総長はにこにこしたまま機内を見まわした。この男も降りないつもりらしい。

「降りる人がないと、学生たち、恰好《かっこう》がつかなくて困りますぞ。いひひひひ」

運転手が、通りかかった革赤派の女子学生を呼びとめて訊ねた。「あんたたち、北鮮へ行って何をやる気ですか。あんたたちは日本にいてこそ反体制で騒げる。北鮮なんか、すでに共産主義だから、騒げなくて面白くないと思うがね」

「全世界的共産主義革命運動をやるのよ」

「北鮮じゃ、みんながそれをやってるようなもんでしょう」と、大学総長がいった。

「それだけじゃ、食って行けませんよ」

「医学部の学生が多いから、医者をやるわ。日赤病院を建てて」

「赤十字社連盟に加入してるのかね」

「そうじゃないわ。日本赤軍病院よ」

「ぼくもその仲間に、寄せてくれまへんか」と、おれはいった。「医者はでけへんけど、経済学部出とるさかい、会計事務手伝いますわ」

「隊長に聞いとくわ」彼女は可愛い笑くぼを作って、にっこりうなずいた。「そういう人がほしかったの」

大阪に近づいたが、機を降りる希望者がひとりもいないとわかり、学生たちがあわてはじめた。

「困ったな。誰も怖がらねえ。乗っ取った甲斐《かい》がない。お前がさっき、今夜の晩飯はご馳走《ちそう》ですよなんて言うからだ」

「あんた降りろって言うと、寝たふりしやがる。あそこにいる老いぼれなんか、あきらかに心臓病なんだが、そういってやっても強情に違うって言い張って、通路で体操はじめやがんの」

ひとりの学生が大声で叫んだ。「女の人は降りてください。危険です。強姦《ごうかん》されるおそれがあります。われわれは若くて、精力があり余っていて、女に餓《う》えているからです。ほら。この通りです」彼はピヤーッと鼻血を出して見せた。

だが、乗客は全員にやにやしたままで、誰も降りますとは言わない。

「よし。お前、誰か強姦して見せろ」隊長が学生のひとりに命令した。

「おれがかよう」指名されたにきびの学生は、眼をしばたたいて尻込《しりご》みした。

「そうだ。これは命令だぞ」

にきびはしかたなく、スチュワデスのひとりに日本刀をつきつけた。「来い。おれといっしょにトイレへ行け」

ぽちゃぽちゃ型のスチュワデスは、大きな眼をさらに見ひらいた。「あら。わたし」

「そうだ。来い」彼はスチュワデスの肩をつかみ、無理やりトイレへ押し込んで自分も中に入り、ドアをぴったり締めた。

「これはすごい」運転手がつぶやいた。「こういう事件は今までになかった。ニュースになる。ルポが奪いあいになるぞ。何回もテレビに出られる」

　スチュワデスが泣きながら出てくるだろうという予想は裏切られ、数分後、めそめそしているにきびを、スチュワデスがなぐさめながら出てきた。「悲しまないで。初めてだったんだもの無理ないわ。ああいうことはよくあるんですって」

「何さ。そのざまは」女子学生がかんかんに怒って、にきびを怒鳴りつけた。「てめえ、反省しろ」

　彼女はなぜかひどく興奮し、ドッと鼻血を出しながら乗客を睨《ね》めまわした。「ようし。わたしが仇討《あだう》ちしてやるわ。おい。そこのおっさん」

　彼女が指名したのは、おれのうしろの席にいる中年夫婦の、亭主の方だった。さっ、と夫婦の顔が蒼《あお》ざめた。「それだけは許してください。この人だけは見逃してやってください。わたしの主人です。毒牙《どくが》にかけないで」

「毒牙とはなにさ」妻の嘆願に尚さらいきり立ち、女子学生は、おどおどしている亭主の眼の前へ日本刀を突きつけた。「さあ。こっちへおいで」

「妻が怒ります。勘弁してください。あとでひどい目にあわされるんです」

「そうよ。家庭を破壊してやるのさ」

泣かんばかりに訴え続ける亭主の襟髪をわし摑《づか》みにして、女子学生はトイレに入っていった。

「この歳になるまで生きていてよかっただ」農協の爺《じい》さん婆さんは、笑いころげていた。

「こんな面白え演《だ》しもんは、よそでは見られねえもんのぅ」

「こら。笑うな」隊長が怒った。「われわれは、まじめにやっているのだぞ」

トイレのドアが開き、舌なめずりの女子学生に続いて、亭主が泣きじゃくりながら出てきた。

「のり子」彼は妻の顔を見てわっと泣き出し、彼女の膝《ひざ》に身を投げた。「しかたなかったんだ。許しておくれ」

たちまち痴話喧嘩《げんか》が派手に始まるかと思いのほか、女房の方もわっと泣き出して亭主を抱きしめた。

「気にしないわ。交通事故なんだから。あれは、犬に咬《か》まれたみたいなものなのよ。あなたのからだは汚されていないわ。あなたは純潔よ」

「ああ。のり子」

夫婦は抱きあって、おいおい泣いた。

「馬鹿ばかしい」運転手が吐き捨てるようにいった。

「おらも、変になってきただぞ」農協の爺さんが、鼻血をドッと出して婆さんのひとりにいった。「おらたちも真似るべ」

「そうすべ」婆さんもドッと鼻血を出しながら、爺さんに続いてトイレに入った。

機は伊丹《いたみ》の空港へ着陸したが、結局降りる客はひとりもなく、機長はしかたなく管制塔へ出たらめを報告した。「革命的赤軍派の人たちは過激で、乗客はひとりも降ろさないと言ってらっしゃいます」

「記者会見の前に」と、運転手がつぶやいた。「乗客全員相談して、口裏をあわせる必要があるな。話を作らなきゃいけない」

燃料と食料を補給するなり、機はただちに離陸した。

「機長はん、えらいあわててはりますな」

おれがそういうと、運転手はうなずいた。「身代りになってやるという機長が、いっぱいいるだろうからな」

手首の紐《ひも》が解かれて、食料といっしょに酒まで配給されたため、機内は急に賑《にぎ》やかになった。農協の爺さん婆さんは酔っぱらって泥鰌《どじょう》すくいを踊りはじめ、学生の日本刀を借りて狭い通路で剣舞をやる男もあり、若い連中はスチュワデスも加えてもちろんゴーゴー、なんのことはない、どんちゃん騒ぎが空を飛んでいるようなものである。大学総長は他に二人乗っていたので、彼らは集まって総長賭博《とばく》を開帳した。

竹島上空まで来たとき、南から飛んできたジャンボ・ジェット機がすごい勢いでこちらの機とすれ違ったため、機体が揺れて大騒ぎになった。

「こんなところをジャンボ・ジェット機が飛んでる筈《はず》がない」

「機長。今のは何だ」

機長がマイクで報告した。「今のは昨日、香港《ホンコン》で乗っ取られたやつだそうです」

「あちこちで、やってるんだな」と、運転手がいった。「どこをどの飛行機が飛んでるかわからない。物騒な話だ」

平壌《ピョンヤン》までの空路を、乗客はすべて和気あいあいとして大いに騒いだ。無理もなかった。彼らひとりひとりのかかえこんでいた問題は、今や「乗っ取り」に次ぐ二次的な問題になり、彼ら全員が「乗っ取り」によって、互いに第一義的にかかわりあっていたのである。しかも表面上は極限状況である。そんなすばらしいことが再びあるとは思えないから、ここを先途とはしゃいでいるのも当然だった。

平壌上空で、副操縦士に操縦をまかせた機長が空港と話しあった。だが返事は意外に冷たく、着陸は許可されなかった。

「ろうして着陸いけないのれすか」と、機長は訊《たず》ねた。

「あんたは酔っぱらっている。客席のどんちゃん騒ぎも聞える。鳴りもの入りでくりこむような不まじめな飛行機は、着陸させない。どこか、よそへ行ってくれ」

何度頼んでもだめなので、機長は学生たちと相談してから、また空港に呼びかけた。

「じゃ、せめてひと晩だけ休憩させてください。そして、食料を少しください」

「一宿一飯を生涯の恩義とするか」

「しますします」

「食料は日本から持ってきたんだろ」

「さっき、もう全部食べてしまいました」

「いやしい連中だ。しかたがない。恵んでやるから降りてこい。くそ。エコノミック乞食《ベガー》め」

機は平壌空港の隅っこへ、おずおずと遠慮がちに着陸した。おれたちは機内で一夜を明かすことになった。

乗客たちは酒を飲んでいるので鼾《いびき》がやかましく、おれはなかなか眠れなかった。深夜、少しうとうとしてから、機内の騒ぎに眼を醒《さ》ました。後部座席の乗客たちが、集まってわいわい議論している。

「どないぞ、しましたか」と、おれは隣席の運転手に訊《たず》ねた。

「乗客のひとりが、首筋から血を吸われたそうだよ。機内に蚊がいる筈《はず》はないから、どうやら乗客の中に吸血鬼がいるらしいね」彼はそういってくすくす笑った。

おれはおそるおそる運転手に訊ねた。「まさか、あんたと違いますやろな」

「あんたは友人だから教えといてやる」彼はおれに顔を向けてにやりと笑った。尖《とが》った犬歯から、血がしたたっていた。「日本住吸血鬼だ」

おれはふるえあがった。

「心配するな」と、彼はいった。「おれの血液型はB型だ。だからB型とO型の人間しか襲えない。それに、あんたは友人だから吸わないよ」

「そうです。わたしはやめた方がよろし」おれはあわてて警告した。「わたしの血は黄色い。それにおそらく、あんたとはRh因子が違いますやろから」

「明日は、どこへ行くかね」前部座席では、学生たちが相談していた。「日本へは戻れないぜ」

「近いから、北京《ペキン》へ行くか」

「いや。いっそのことプノンペンに行こう」と、隊長がいった。「まずハノイへ着陸し、ベトコンを指揮してカンボジアへ攻めこむ。そしてロン・ノル政権を倒す」

「そうだ。そしてカンボジア日赤政府を樹立する。万歳」

「万歳」

運転手が嬉《うれ》しそうに揉《も》み手をした。「しめた。ベトナムには日本から送った血漿《けっしょう》がたくさんある筈だぞ。けけけけけけけ」

翌朝、食料を補給してもらってから、機は南に向けて飛び立った。乗客はすべて、あいかわらずのバイタリティで、疲労の様子はまったくない。

黄海上空を南下して東シナ海にさしかかった頃、それまで何度もトイレへ出入りしていたあの赤軍派の女子学生が、だしぬけに通路ではげしく嘔吐《おうと》し、ぶっ倒れた。

「医者はいないか」隊長が、うろたえて機内を見まわした。

「だってあんたたち、医学部の学生だろ」よせばいいのに、大学総長がそういった。

「うるせえ」学生のひとりが総長の頭をぶん殴り、もう一度叫んだ。「内科のお医者はいませんか」

「こいつら、勉強もろくにしてねえんだよなあ」運転手がおれに、そう耳打ちした。

「わたし医者です」そういっておれのうしろで立ちあがったのは、例の中年夫婦の女房の方だった。

隊長は一瞬、ぎょっとしたようだったが、すぐにぺこぺこ頭を下げはじめた。「あっ。先生。お願いしまあす。見てやってくださあい。先生」

通路へ出た彼女は、倒れている女子学生の傍にうずくまり、ほんの少し診ただけですぐ顔色を変えた。「大変。コレラだわ」

「えらいこっちゃ」おれはとびあがった。「国際伝染病やがな、感染《うつ》りまっせ」

たちまち機内は、上を下への大騒ぎになった。「逃げろ」

「平壌でもらった弁当だ」隊長が地だんだをふんだ。「やつら、コレラの流行をひた隠しに隠してやがったんだ。それでおれたちを、おろさなかったんだ」

「こうなりゃ、一刻も早く近くの空港へ着陸した方がいい」と、大学総長がいった。

「よし。南京《ナンキン》へ行こう」隊長が操縦室へとんで行った。

機はすぐさま西へ機首を向けた。

中国本土の上空へ入るなり、機長が地上と交信しはじめた。「機内にコレラ発生。着陸させてください」

「コレラの流行、この間やっとおさまったばかりある。朝鮮半島へコレラ追っぱらったばかりあるぞ。お前たち、またコレラ持ち込む。ポコペンまた流行する。ペケあるな」

「水が必要なんです」機長は泣き声を出して頼んだ。「燃料もありません。薬もいるんです。お慈悲です」

「駄目ある。降ろさないある。さっき、中ソ鮮三国防赤協定結んで、お前たち着陸させない決定したばかりのことよ」

「でも、あの、でも、でも、降ります」

「降ろさないある。空港へ五億の農民並ばせて、着陸できなくするのことある。降りてきたら、ただおかないよ。紅衛兵命令して、お前たちの首、青竜刀で落すよ」

「あきらめよう」と、隊長が機長にいった。「台北《タイペイ》へ行こう」

機はふたたび、南へ向った。

台北へ着くまでに、さらに乗客三人と、いい、にきびの学生がコレラで倒れた。

「くそっ。最後まで病気にかからなかったやつが、きっと吸血鬼だぞ」と、乗客のひとりが叫んだ。

運転手はにやにや笑っていた。なるほど吸血鬼ならコレラにかかりにくいだろう。

着陸許可をしぶる台北に、機は無理やり降下した。しかし、いかに頼みこんでも乗客は降ろしてもらえなかった。最初大阪を出た時、乗客がいずれも好きで乗っていたくらいは先刻ご承知で、だから自業自得だというわけである。どうやら日本政府も、あまりのことにあきれ果ててわれわれを見捨て、構わずにうっちゃっておいてくれとでも言ったにちがいない。

日本では家族たちが騒いでいるだろうな、と、おれは思った。しかし、おれたちが飛行機を降りて、その国にコレラをひろめたりすれば、外交関係が悪化するとかなんとか、そのような因果を含められれば、お国のための犠牲とか、涙をのんであきらめることの大好きな日本人である、当然、せいいっぱい悲愴《ひそう》な顔つきをしてあきらめるのだろう。

燃料に食料、スルフォンアミド剤や抗生物質などの薬品、それに大量の水を恵んでもらい、あいかわらず百二十人の人間と、死亡率三〇パーセント以上のコレラ菌と吸血鬼一匹をかかえこんだままで、機はまたも離陸した。行先はハノイである。

「もし、ハノイでも着陸を許してもらえなければ、われわれはいったい、どうなるんだ」

さすがに、そろそろ疲労の色を見せはじめた乗客たちが、心配そうにぼそぼそとささやきあいはじめた。大阪で、降りないと頑張った手前、学生たちに今さら責任をとれといって迫ることはできないのである。

学生たちも額を集めて相談しはじめた。

「この分だと、ベトナムからも追い立てられる可能性があるな。どうする」

「それじゃ、どこへも降りられないじゃないか。死ぬまで大空をさまようのか」

「ロマンチックで、よろしやおまへんか」おれは口をはさんだ。「さまよえるオランダ人みたいですな」

「そうだ。すばらしいぞ」学生のひとりが、すぐに悪のりしてきて大声で叫んだ。「安住の地を求め、七つの大陸をさまよい……」

「七つの海ですやろ」と、おれはいった。

「いや。オランダ人なら七つの海だが、おれたちは船じゃないから、七つの大陸だ」

「それにしたかて、大陸は七つもおまへん」

「あるとも。教えてやろうか」学生はむきになって、指折りかぞえはじめた。「ユーラシヤ大陸、アジヤ大陸、アトランティス大陸、ヴァン・アレン大陸、セント・ヴァレン大陸、ブリジストン大陸、青い大陸だ」

おれがあきれて黙りこむと、隊長がぼそりといった。「そんなことはできない。コレラが発生してるんだ。吸血鬼もいる」

「日本へ帰りませんか」そろそろ里心のつきはじめた大学総長が、おずおずといった。「日本なら、責任上着陸させてくれるでしょうし、コレラからも逃げることができます」

学生たちは、この提案を一笑に付した。「下らないくだらない。それじゃまるで、正気の沙汰《さた》だ」

結論が出ないまま、機はトンキン湾からハノイ上空に入った。

「お前たちは、着陸させない」案の定、地上から、民主共和国軍の通信将校が先手をうってそう宣言してきた。「お前たちのことは、すでに全世界にひろまっている。あちこちにコレラ菌をまき散らし、吸血鬼までかかえこんでいることもな」

「助けてくれ」隊長が、機長からマイクをとりあげ、悲鳴まじりに叫んだ。「ここでことわられたら、もう行くところないんだよう」

「日本へ帰れよ」将校が笑った。

「くそっ。帰るもんか。ようし、おぼえていろ」隊長はヒステリックに罵倒《ばとう》しはじめた。「上空から、コレラ菌のたっぷり入った糞尿《ふんにょう》を、まき散らしてやるからな」

「そんなことされて、たまるもんか」

地上から、機に向けて砲撃が開始された。

「お前らそれでも、共産主義者か」隊長が泣きながらいった。「同胞を撃つとは何ごとだ。この非国民め。お前らみな殺されちまえ。ベトナム戦争賛成」

「今、全世界で、お前らのことを何と呼んでいるか知っているか」将校がくすくす笑いながらいった。

「なにっ。もう、渾名《あだな》がついたのか」隊長は急に眼を輝かせ、いきごんで訊《たず》ねた。「どんな渾名だ。『さまよえる日本人』とでも、言われているか」

「馬鹿。そんなのじゃない」将校が、げらげら笑って答えた。「教えてやる。『亜細亜《あじあ》の化けもの』だ」

桃太郎輪廻

巻之壱

その日、婆さんが川で洗濯をしていると、川上から、大きな尻が流れてきた。

最初、婆さんには、それが巨大な桃に見えた。尻は、割れめを水面から出して流れてきたからである。

次に、それが尻であることを知った婆さんは、さてはこれはバラバラ事件の胴体の部分であるかと思い、腰を抜かさんばかりにおどろいた。だが、近づいてくるにつれ、どうやら死体の一部分ではないらしいことがわかり、婆さんは胸をなでおろした。

たぐり寄せてみると、それはデパートの下着売り場などでよく見かける、あの尻の部分だけのマネキンであることがわかった。しかもその腹の部分は、異様にふくらんでいる。

「おやおや。妊娠八か月ぐらいだよ、これは」

婆さんはそういいながら、尻を水面からかかえあげて、洗濯物といっしょにポリバケツの中へ入れ、家へ持って帰ってきた。

家でつくづく眺めるにつれ、それが実に奇妙な物体であることがわかってきた。腹の膨らみは水を吸いこんだためではなく、どうやら本当に妊娠しているための膨らみらしいのである。婆さんが、その腹に掌をあててみると、それはなまあたたかく、しかも腹の中では何かがひくひくと動いているのだ。指さきには、胎児の足の躍動とはっきりわかる感触がつたわってくる。

「ひゃあ。こりゃあ、もうすぐ生まれるぞ」

婆さんは、その尻が、尻として独立した生命を持っているらしいことを知り、ぶったまげた。ほんの二、三寸の長さでぶった切られた態のふたつの白い大腿部《だいたいぶ》を両側へ押し開けば、そこにはちゃんと女性生殖器が存在したのだ。

そこへ爺《じい》さんが帰ってきた。

山から帰ってきたのではない。売った農地が億に近い金になり、気をよくして毎日毎晩遊び歩いているのである。その日も、昨夜ひと晩徹夜で遊び呆《ほう》けての朝帰りだった。

「ひゃあ。何じゃこれは。尻の置き物かね」爺さんは好色の眼でその奇妙な物体の下腹部の繁みをじろじろと眺めた。「お前、こいつをどこで拾ってきた。またお前のことだからデパートのパンティー売り場から万引きでもしてきたんだろう」

「いいや。川で溺《おぼ》れてたのを、拾ってきたのさ」

「尻が溺れてたまるものか。ほほう。びくびく動いとるな。生きとるのかね」

「あっ。お前さんまさか、これに変ないたずらする気じゃないだろうね」婆さんは爺さんを睨《にら》みつけた。「これは妊娠してるんだからね」

「げっ。妊娠」爺さんは、眼を見ひらいた。「で、お前、こいつに子供を産ませるつもりなのか」

「そうだよ」婆さんはうなずいた。「あんただって以前から、子供がほしい子供がほしいって言ってたじゃないか。このおかしな生き物の産んだ子を、わたしたちで育ててやろうじゃないの」

「しかし、それはわしらの子供じゃないぞ」爺さんが尻を指さしていった。「れっきとした母親がいるんだからな」

「これが母親といえるかね」婆さんも尻を指さして言い返した。「こんなからだじゃ、満足に子供の世話ができるわけないさ。抱くことはおろか、おっぱいだって出るわけないしね」

「まあ、とにかくどんな子供を産むか見ていよう。話はそれからだ」爺さんはにやりと笑った。「これと同じ恰好《かっこう》をした子供を産むのかもしれんしな」

それから二か月ほど経ったある朝、婆さんは神棚に飾っておいた尻が、陣痛の苦しみに耐えかねて仰向《あおむ》きにひっくり返り、短い大腿をしきりに動かしているのを見て叫んだ。

「そうら、お産が始まるよ。お爺さん。お湯を沸かしておくれ」

多少産婆の心得もある婆さんは、尻を神棚から抱きおろし、ふとんに寝かせて介抱をはじめた。尻は間歇《かんけつ》的に襲ってくる陣痛に耐えきれず、肢《あし》を閉じたり開いたりして大あばれである。

お産の様子を見ようと衝立《ついたて》の向こうから首を出しては婆さんに叱られながら、爺さんはやっと湯を沸かして盥《たらい》に入れた。

やがて、お産が始まった。

股間《こかん》から頭を出した子供を、力まかせにひっぱり出そうとすると、尻もいっしょについてくるため、たいへんな難産になってしまった。婆さんはとうとう、不本意ながらも爺さんに応援を求め、やっとのことで子供を産道からひきずり出し、ずるずるとついて出てきた臍《へそ》の緒を、鋏《はさみ》で断ち切った。

子供は男の子だった。

母親に似ず五体満足で、眼鼻立ちのはっきりした、色の白い玉のような男の子である。産湯《うぶゆ》を使わせながら、爺さんも婆さんも大喜びをした。

尻の方は、子供を産んだ疲れでぐったりとなって横たわっている。

「なんて名にしようかね」婆さんがいった。

「尻から産まれたから、尻《けつ》太郎てえのはどうだい」と、爺さんがいった。

「いいや。そんなおかしな名よりは、桃太郎《ももたろう》がいいよ。わたしゃ最初、あの尻を、桃と見まちがえたんだから」と、婆さんがいった。

桃太郎と名づけられた男の子は、すくすくと丈夫に育った。

桃太郎を産んだ母親の尻の方は、産後の疲労がおさまるとまた神棚の上に飾られた。腹もふつうの大きさになり、それまでのグロテスクな曲線が、本来のエロチックな曲線に戻っていた。

そのうちに尻は、しきりに欲情を訴えるようになった。どたりと仰向けに倒れ、しきりに股間を開いて渇きを告げるのである。

その悩ましげな様子を見て、色好みの爺さんはとてもじっとしていられない。つい手を出そうとして婆さんにこっぴどく叱られる。婆さんはデパートから白いパンティーを買ってきて尻に穿《は》かせたが、これはますます爺さんの好き心をそそる結果になってしまった。ついにある夜、たまらなくなった爺さんは、尻に向かって夜這《よば》いを敢行し、またもや尻を妊娠させてしまったのである。

それまでは月々にあった例の月のものがぴたりととまったため、尻の妊娠はたちまち婆さんにばれてしまい、かんかんに怒った婆さんは、さんざ爺さんと口争いをした末、ついに台所から出刃包丁を持ち出してきて神棚から尻をおろし、その腹をぐさり、ずばりと真一文字に掻《か》き切ってしまった。尻は、ひとたまりもなく死んでしまった。

「あっ。お前は何と残酷なことをする」爺さんは驚き、婆さんの手から出刃包丁をもぎとろうとして揉《も》みあいながら叫んだ。「この人殺しばばあめ」

「わたしゃ、人殺しなんかじゃないよ」婆さんは包丁を奪われまいとしながらけんめいに叫び返した。「こんなものは人間じゃない。セックスをして、子供を産むだけの道具じゃないか」

「そんなら、ふつうの女と同じじゃないか」

「なんだって。女を馬鹿にすると承知しないよ」

さらにながい間、揉みあい続けた末、はずみで婆さんは自分の咽喉《のど》に出刃包丁をぐさりと突き立ててしまった。

「げえっ」婆さんは白眼剝《む》き出し、虚空つかんでのけぞって、ばったり倒れ、そのまま息絶えた。

「し、しまった」爺さんは、あわてて婆さんを抱き起こした。「これやい。婆さん。しっかりしろ。しっかりしろ」

いくら叫んでも、死んだ者は生き返らない。

尻の死体と婆さんの死体、血まみれの家の中で、爺さんは途方に暮れた。その傍らでは、やっとよちよち歩きができるようになった桃太郎が、血のりの海の中ではいまわっている。

「こいつは困ったことになったぞ。この死体をどうすりゃよかろう。埋めても、このあたりは宅地の造成が急だから、白骨を掘り出されるおそれがある。桃太郎はまだ幼いから、こいつにゃ何もわかるまいが、近所の人が婆さんのいなくなったのをあやしんで、警察へ届けぬとも限らない。そうなりゃ、どこへ埋めても警察の連中に掘り出されてしまうおそれがつきまとうわけだ。ううむ。なんとかうまい死体の隠し場所はないものか。

ええい面倒だ。こうなりゃブラック・ユーモア精神を発揮して、いっそのこと食っちまえ」

ひどい爺さんがあったもので、尻と婆さんの死体を大鍋《おおなべ》に投げこみ、アジシオで味付けしてぐつぐつ煮てシチューを作り、マスタードとシーズン・オールとパセリをふりかけて食べてしまった。

骨は粉ごなに砕き、餌にまぜてニワトリに全部食わせてしまった。

かくて死体は完全に消滅した。しかし、爺さんは気がつかなかったのだが、この一部始終を家の外からずっと目撃していた者がひとり、いや、一匹いた。

爺さんの家の近所に住んでいる古ダヌキである。

巻之弐

その夜、爺さんが囲炉裏《いろり》ばたで幼い桃太郎と遊んでいると、何者かがどんどんと戸を叩《たた》いた。

「ゴンベエ。ゴンベエ」

ゴンベエというのは爺さんの名である。

爺さんが立ちあがって三和土《たたき》におり、がらりと戸を開くと、それまで太い尻尾《しっぽ》で戸を叩いていたタヌキは、はずみでごろごろと家の中へころがりこんできた。

「やっ、お前はタヌキ」と、爺さんがいった。「わしに何の用だ」

「なあに。ちょっとした取り引きをしようと思ってね」タヌキはにやにや笑いながら立ちあがった。「おれは古ダヌキだ。つまり、もう老いぼれてきたってことさ。餌をあさるのが億劫《おっくう》になってねえ」

「それがどうした」

「金さえありゃあ、余生を隠居して楽に暮らせる」

「その金を、せびりにきたのか」爺《じい》さんは苦笑した。「わしが金持ちなので、簡単に施しをするだろうと考えたのだろうが、そうはいかん。けものに恵んでやる金なんか、一文もないぞ」

「恵んでくれとは、いってないよ」タヌキは上眼遣いに爺さんを睨《にら》んだ。「あんたが婆さんを殺し、シチューにして食っちまったことを、おれの胸の中へしまっといてやるから、その口止め料を寄越せといってるんだ」

「脅迫か」爺さんは唖然《あぜん》とした。「こいつはまた、はっきりした強請《ゆす》りだな。タヌキが強請りをやるとは思わなかったぜ」

「あんたの悪事に比べりゃ、たいしたことはないさ」そういってから、タヌキは大あわてで叫んだ。「おっとっと。猟銃の方へは近づかないでくれよ、ゴンベエさん。変なことする気なら、すぐにでも警察へ逃げこんでやるからな」

「ううむ」爺さんは考えこんだ。「いくら欲しいんだ」

「そうだなあ。五千万円もあれば、立派な家に住んで、暖かいものを着て、うまいものを食って、しあわせに暮らせる」

「二、三日、考えさせてくれ」爺さんは溜息《ためいき》をついた。

「いいとも。三日待ってやる。四日めに、また来るからな」タヌキは山へ帰っていった。

爺さんは頭をかかえこみ、考え続けた。あんなけだものに、みすみす五千万円もの大金をくれてやるのはどう考えても惜しい。といって、やらなければあの古ダヌキのことだから、ほんとに警察へ行って何もかも喋《しゃべ》るだろう。もし留置所へ入れられることになって、次は刑務所で何十年か服役ということになったら、あとに残った桃太郎が不憫《ふびん》である。だからといって、あんなけだものに脅迫されて五千万円も出すのは、癪《しゃく》にさわる。

考えは、どうどうめぐりをするばかりだ。

「ええい、くさくさする。飲みに出かけてやれ」

ちょうど桃太郎が寝てしまったので、爺さんは立ちあがり、青シャツにまっ赤なネクタイをしめ、ワイン・カラーのツイードの背広を着て頭に赤いベレーをかぶり、いつものようにふらりと家を出て、町にあるプレイボーイ・クラブへ向かった。爺さんはそこの常連なのである。

「ああら、いらっしゃい」

シェード・ランプの下で爺さんを迎えたのは、爺さんが惚《ほ》れているバニー・ガールの宇左子だった。「どうしたの、浮かない顔をして」

「タヌキに、脅迫されている」と、爺さんは答えた。「五千万円、寄越せというんだ」

「まあ。あいかわらず図《ず》ずうしいわね。あのタヌキったら」彼女は可愛い口もとを少し歪《ゆが》めてそういった。

「知ってるのか」爺さんは顔をあげ、宇左子を見て訊《たず》ねた。

「紳士に化けて、このクラブへやってきたことがあるの」と、彼女は答えた。「わたしをくどこうとしたのよ。あつかましいったら、ありゃしないわ、あとで、貰《もら》ったお金を見たら木の葉だったから、タヌキだとわかったの」

爺さんは嘆息した。「五千万円もとられたら、お前と一緒に暮らすこともできなくなってしまう。わしは、うぬぼれ屋じゃないから、無一文の老人のところへ嫁にきてくれなどと若いお前には言えないよ」

「いいのよ。そんなこと」と、宇左子は爺さんの葉巻きに火をつけてやりながらいった。「それよりも、あの古ダヌキをなんとかしなくちゃね」

彼女は、自信ありげにうなずいた。「ようし。きっとまた、誰かに化けてこの店へくるでしょうから、化かされてるふりをして、あべこべに計略にかけてやるわ。わたしにまかせといて頂戴」

爺さんは宇左子の眼の光りを見て少しおどろいた。「バラしちまうつもりかね」

「もちろんよ。永久に口がきけないようにしてしまわなきゃ、意味ないもの」

その夜もまた、いつものように宇左子の勤めが終わってから店の外で待ちあわせ、爺さんは彼女とホテルへ行った。もっとも、家には桃太郎がいるから、泊まることはできない。爺さんは朝の四時頃、家に帰ってきた。

数日ののち、宇左子が爺さんの家にやってきた。「やっつけたわ。もう安心よ」と、彼女はにこにこ笑いながら爺さんにいった。「あのタヌキ、おととい の夜、クラブへやってきたの。立派な中年の紳士に化けてやってきたけど、服装が時代遅れだから、すぐにタヌキだとわかったのよ。そこでわたし、わざとお色気出してやったの。そしたらたちまちでれえんとなって、わたしをドライブに誘ったわ」

「行ったのかね」

「ええ。ついて行ったわ。安もののレンタカー借りてきていて、ドライブ・ウエイを突っ走ろうっていうの。危いなと思ったけど、乗ったわ。カチカチ山ドライブ・ウエイを頂上近くまで行ったわ」

「あんなところまで行ったのか、それでどうした」

「車をとめて、カー・セックスしようっていうの。わたし、大いそぎでドアをあけて、アクセル踏んでからとび出してやったの。タヌキのやつ、大あわてでブレーキかけてたけど、間にあわなくて、崖《がけ》から転落したわ」

「たしかに、死んだだろうな」

「大爆発して、ぼうぼう燃えあがってたから、生きてるってことは、まずないわね」

「ああ。宇左子や」爺さんは感激して、宇左子を抱き寄せた。「お前のおかげで、五千万円取られずにすんだ。お前は救いの神じゃ。わしと結婚しておくれ」

「いいわよ。お爺さん」

こうして、爺さんとバニー・ガールの宇左子は夫婦になった。

宇左子が、ほんとに爺さんを好きで結婚したのか、それとも老い先短い爺さんの財産が目あてで結婚したのか、それはわからない。ただ、宇左子の年齢を考えれば、やはり老人を本心から好きになれるわけはないと思えるから、金が目あてであったと判断した方が真実に近いのではないだろうか。しかしもしそうであったとすれば、宇左子の目算は大きく狂ったとしか言いようがないだろう。それからさらに二十年経っても、爺さんはまだ、ぴんぴんしていたからである。

いかにバニー・ガールとはいえ、二十年も経てばやっぱり婆さんになってしまう。こうなれば爺さんが死んでも、まともに再婚はできない。やはり金めあての若い男とくっつくより他ないだろう。近ごろになってやっと精力の衰えを見せはじめた九十九歳の爺さんに、そろそろ宇左子は不満を抱くようになり、息子の桃太郎に色眼を使い出していた。

桃太郎は、筋骨たくましい美青年になっていた。彼は、宇左子が自分のほんとの母親ではないことをうすうす知ってはいたが、四十ばばあに童貞を奪われる気はさらさらない。日ごとに露骨になる宇左子のお色気攻撃にへきえきし、ついにある日、彼は家出をした。

行く先は決まっていた。噂に聞いた鬼ヶ島である。

巻之参

桃太郎は、地下鉄に乗り、車を乗り継ぎ、野を越え、谷を渡り、どんどん進んだ。鬼ヶ島がどこにあるか、彼は知らなかったが、むろんそれを人に訊《たず》ねたりすることはなかった。鬼ヶ島が、観念的な存在であることを知っていたからである。

ここでひとこと申しあげておきたいが、それはつまり、この小説が観念的な小説であるということである。童話とはだいたい、そういうものであるが、この小説中に登場する爺さんとか、タヌキとか、地下鉄とか、山とか川とかを、字義通りに解釈してもらっては、高級かつ象徴的な小説を書いているつもりの筆者としては、まことに不本意なのである。

話を続けよう。桃太郎はどんどん進んだ。「進んだ」ということも、字義通り、前へ歩くことと思われては、まことに困るのである。観念的に読んでいただきたい。

さて、桃太郎は観念的象徴的に、どんどん進んだ。

過疎地帯の農村の、一軒の古ぼけた農家の裏庭で、白い犬が一匹、ここ掘れわんわんといいながら土を掘り返していた。

「大判小判を掘り出して、何になる」と、桃太郎はいった。「お前、自分の生き甲斐《がい》を見つけるつもりはないのか。おれはこれから鬼ヶ島へ行くつもりだが、もし無駄に生きていると思うのなら、ついてきてもいいぜ」

「そうだな」犬はしばらく考えてから、ゆっくりとうなずいた。「ついて行こう」

桃太郎と犬は、観念的にどんどん進んだ。

農家の庭の柿の木の下に、一匹の猿がいた。猿は象徴的に、ぺしゃんこになっていた。「臼《うす》の下敷きになって、ぺしゃんこだ」と、猿はいった。「なんとかしてくれ」

「カニをいじめたり、その息子にいじめ返されたり、なんという狭い世界、小さな人生だ」と、桃太郎はいった。「もっと、でかく生きるつもりはないのか」

「今、目がさめた」猿は急に大きくなって、そういった。「おれも、つれて行ってくれ」

桃太郎は、犬と猿をつれ、さらに観念的にどんどん進んだ。

ここで読者は、次にキジが出てくることを期待されるであろう。ところが出てこないのである。

犬、猿というのは象徴的な名詞である。つまり犬と猿とは本来仲が悪いとされているから、この二匹をつれて歩くことは即ち桃太郎の統率力を象徴しているわけである。だから犬、猿、の二匹だけ出てくれば、話としてはもう充分なわけであって、キジなどは登場する必要がないのだ。

三人は、いや、ひとりと二匹は、気の向くままに旅を続け、金がなくなれば押し込み強盗、銀行強盗などをして稼ぎながら、情欲のおもむくままに通りすがりの女旅芸人やセーラー服の美少女を犯したりして、さらにどんどん進んだ。

森の中の古城の一室には、美しい姫が寝台で寝ていた。

「強姦《ごうかん》してしまおうぜ」と犬がいった。

「強姦はいいが、絶対にキスしちゃいかんぞ。あとが面倒だからな」と、桃太郎はいった。「これは、眠りの森の姫だ。キスすると眼を醒《さ》まして、結婚してくれという筈《はず》だ」

「じゃあ、キスしないようにして、下半身だけ犯せばいいわけだ」と、猿がいいながら、眠り姫に抱きついた。「しかし、こんなにぐっすり眠ってるんじゃ、どうも強姦という感じじゃないな」

「味はどうだね」と、犬が訊《たず》ねた。

「がばがばだ」と、猿は答えた。

「きっと、おれたちが最初じゃないんだろう。処女でないことは確かだ」

城を出て、桃太郎たちがさらに森を進んで行くと、白雪姫がたったひとりで花を摘んでいた。

「あれなら、処女だろう」と、犬がいった。

「確かめてみるか」と桃太郎がいった。

いっせいに、白雪姫におどりかかって押さえつけ、桃太郎が彼女のヴァギナを訪れると、処女膜はあったものの、そこには七つの小さな穴があいていた。

さらに森を進むと、赤頭巾《あかずきん》がいた。

「あれは確実に処女だ」犬がいった。

「よせよせ」桃太郎は顔をしかめ、かぶりを振った。「きっと膣閉塞《ちつへいそく》だ。糸で縫いつけられてるに決まっている」

「どうも面白いことがひとつもないな」

惰性的に旅を続けながら、彼らは次第に虚無的になりはじめていた。

「以前に比べて、これがより大きな人生だとは、どうしても思えないが」

彼らは森を抜け、海岸に出た。海は猥褻《わいせつ》な色をしていた。

「お待ち申しておりました」一匹の巨大な亀が海の中からあらわれて、一同にいった。

「先日はお助け下さって、ありがとうございます。そのお礼に、竜宮城へおつれ申したいのですが」

「亀を助けたおぼえはないが」桃太郎は首をかしげた。「まあいい。つれて行ってくれるというなら、行ってみよう」

海岸の松の木の根もとからリップ・ヴァン・ウィンクルが顔を出し、盗作だ盗作だと叫びながら、ライフルをぽんぽん撃ちまくっていた。

「あんなやつに構わず、どうぞわたしの背中にお乗りください」亀が、にやにや笑いながらいった。

「こんなに大勢、乗れるかね」桃太郎が尻《しり》ごみした。

「兎との競走に勝って以来、自信がついて大きくなったのです」と、亀はいった。「心配しないで、早く乗ってください。乙姫様がお待ち兼ねです」

「いっそのこと、乙姫をこっちへ呼んだらどうだ」と、犬が提案した。「竜宮は海の底にあるんだから、そんなところへつれて行かれたのでは、われわれみな溺《おぼ》れ死んでしまうぞ」

「そうだ。そうしよう。乙姫を呼べ」と桃太郎もいった。「ここへつれてこい」

「竜宮は、溺れないような構造になっているのですが、そうおっしゃるなら、まあ、しかたありませんな。乙姫をつれてきましょう」

亀はいったん海中にもぐり、すぐに乙姫と、数人の侍女を背に乗せて戻ってきた。海岸で、パーティーがはじまった。飲めやうたえのどんちゃん騒ぎが、夜になるにつれて乱交パーティーと変じ、桃太郎たちは乙姫や侍女たちとかわるがわる愛しあった。侍女たちといっても、どうせ鯛《たい》やヒラメが化けているのであろうが、それを言い出せば乙姫だって竜の化身だから、たいして変わらない。

パーティーは三日三晩続いた。

そろそろ互いのグループに飽きはじめたころ、乙姫は桃太郎たちに玉手箱を渡し、にやにや笑って別れを告げた。「わたしら、もう帰らして貰《もら》います。ほな、さいなら」

彼女たちは亀に乗り、ふたたび海中へもぐって行った。

「さんざスリルを味わった。やりたい放題のことをやった。女も抱いたし、ご馳走《ちそう》も食った」犬が溜息《ためいき》をついて、桃太郎にいった。「おれたちはこれから、何をやればいいんだ」

「生き甲斐《がい》を見つけるのが、こんなにむずかしいものとは思わなかったぜ」猿もそういって嘆息した。「もしかすると、やりたい放題のことをやるよりも、故郷の自分の家で、今までやっていたことを続けながら一生を送ることの方が、価値があるのかもしれないな」

「うん。それが生き甲斐なのかもしれない。故郷へ帰って、平凡な女を妻にして、余生を送ろう」犬がうなずきながらいった。

「なんて、なさけないやつらだ」桃太郎があきれて、三匹にいった。「じゃあ、勝手に帰れ」

「帰ろう帰ろう」

けものたちは故郷をめざして帰って行った。海岸にひとり残された桃太郎は、することがないままに、乙姫からもらった玉手箱をあけてみた。箱の中には計器類や、ダイヤルやスイッチがぎっしり並んでいて、隅には横文字でTIME MACHINEと書いたプレートが貼《は》りつけてあった。

巻之四

思いがけずタイム・マシンを手に入れた桃太郎は、すっかり考えこんでしまった。時間を自由に旅行でき、過去へも未来へも思いのままに行けるとなると、自分の望むことがほとんど可能になってしまうわけである。

「それが、おれの望む状態だろうか」と桃太郎はつぶやいた。「今までだって、さんざやりたいことをやってきた。タイム・マシンが手に入ったからには、それ以上のことができることは保証つきだ。なんでもできることが保証されてしまっていて、なにかやる気になれるだろうか。できない。何もできない。現におれは今、こうして、すっかりうんざりしてしまっているではないか」

桃太郎は、ゆっくり立ちあがった。

「どうやらおれは、歳をとったらしいな。やりたいことをやろうとするのさえ面倒だ。しかし人間だから、何かやらなきゃいけない。しかたがない。故郷へ帰ることを生き甲斐にしよう。若いあいだに、数年かかって歩いてきた道を、年をとりながら、ゆっくりと、数十年かかって引き返すのだ。それをおれの、後半生の生き甲斐にしよう」

桃太郎は、落ちついた足どりで、やってきた道を戻りはじめた。荷物はタイム・マシンの玉手箱、ただひとつである。森を抜け、村を通り、町を過ぎ、谷を渡り、野を越え、車を乗り継ぎ、地下鉄に乗った。

もとの村まで帰った時、彼はすっかり老いぼれ、総白髪になってしまっていた。そしてそこには、彼の住んでいた家はなかった。爺《じい》さんも、宇左子も、とうの昔に死んでいて、家のあったあたりには、新興住宅が立ち並び、子供たちが遊んでいた。

桃太郎はしかたなく、まだ開拓されていない裏山の奥深くに入り、小さな家を建ててそこに居を定めた。あとは、死を待つだけである。

死期が近づきはじめたのを感じるようになって、桃太郎はやっと、子供がほしくなった。自分の分身を世に残したいという動物の本能には勝てなかったのである。しかし、今さら妻をもらう気はしなかった。女との交渉にいざこざがつきまとうことを、彼は身にしみてよく知っていた。そのわずらわしさを考えると、妻など、いない方がよい。桃太郎は、はじめて玉手箱を使い、未来へ旅立った。科学文明の発達した未来社会から、彼はひとつの人工子宮をかっぱらって帰ってきたのである。

その人工子宮は——。

そう。読者も、もうお気づきであろう、女性の尻の形をしていたのである。

そして桃太郎は、こちらへ帰ってくる時、タイム・マシンのダイヤルの目盛りを、多くまわしてしまった。だから、戻ってきたところは、出発した時点よりも数十年過去の時代だった。

尻の形をした人工子宮を妊娠させてしまうと、桃太郎の生命力は急激に弱まった。彼は眠るように息をひきとった。

誰も世話するもののいなくなった尻は、短い大腿の足で、あたりをよたよたと歩きまわった末、視力のない悲しさ、崖《がけ》から谷川に転落してしまった。

そして——。

その日、婆さんが川で洗濯をしていると、川上から、大きな尻が流れてきた。

わが名はイサミ

近藤勇《こんどういさみ》の話を書く。

なぜSF屋が近藤勇なんかやるのだと訊《たず》ねられても、答えようがない。なんとなく書きたいから書くのだとしか返事のしようがないのである。

そんならお前時代小説が書けるのかといわれれば、どうもこれにも自信がない。だから間違ったことを書くおそれが多分にある。といっても、まさか江戸《えど》町奉行がダンヒルのライターを出したり、遊女がタンポン引っこ抜いたりするようなヘマはやるまいと思うが、それに類するやりそこないはきっと出てくるだろう。いやな予感がする。

最近あちこちに頭を突っこみすぎたきらいがあって、どうも風あたりがきつい。どの世界にもそれぞれ専門家と称する人がいるから間違いを書くとそらやったとばかりこれでもかこれでもかとやっつけられることになる。そこで、一時はさすがにしょげ返るものの、すぐまた熱さを過ぎてノドモト忘れて性懲りもなく時代小説などに手を出そうとする、これはまったく悪い癖であって、これはもしかしたら死ぬまでなおらないのではないかと思うのだが、あなたどう思いますか。

特に時代小説などになってくると、専門家でない人の中にさえぼく以上に的確に時代考証できる人は多勢いる。文壇ともなればこれはもう右を見ても左を向いても大先生ばかりであって、それでもかまわず書こうというのだから乱暴な話で、われながら気が違っているとしか思えない。

前説が長くなったが、とにかく近藤勇の話を書き出すことにする。

「お前らみんな、喜べ」と、近藤勇が一同にいった。「甲府《こうふ》城はもうすでに、われわれの手に陥《お》ちたも同然だ。主力新選組《しんせんぐみ》に加えて、幕府の撤兵隊、伝習隊の有志諸君その他大勢の諸君が加わり、われらの甲陽鎮撫隊《こうようちんぶたい》、向かうところ敵はないぞ」

酒が入っているから彼は上機嫌である。大声で喋《しゃべ》り続けた末、傍にいる、これは近藤勇より少しばかり頭の良い土方歳三《ひじかたとしぞう》が、よせよせと目顔で合図しているのにも気がつかず、とうとう言わなくてもいいことまで喋りはじめた。

「実はな」彼は少し小声になっていった。「これはすでに将軍家の方から内意を得とるんだが、あの甲府城、あれ、おれのものになるかもしれんよ。そうなればおれは城主。城主というからには、そうさなあ、まず十万石はくだしおかれる。えへん。そうなればさしずめ土方は五万石ぐらいで、それから沖田は、そうさなあ、まず三万石」

なぜ作者が近藤勇にこんな馬鹿なことを喋らせているかというと、理由はいくつかあって、まず第一に作者は、近藤勇という人物をそれほど利口な人間とは思っていない。史料を調べてそういう結論に達したわけではなく、たまたま作者の読んだ小説中に登場する近藤勇がみんなバカに書かれていたからである。エノケンの演じた「近藤勇」も見たが、勿論《もちろん》どう見たって利口とは思えない。

作家ともあろうものがそんな出鱈目《でたらめ》を書いてはいかんではないかという人もいよう。しかし作家は学者ではない。自由であり、無責任であってもいいのである。これは海音寺潮五郎のような大先生でもいっていることだから、間違いないのである。

さて第二に、近藤勇は百姓の出である。作者は疎開先で百姓の小せがれ共にいじめられて以来、百姓に対して根強い偏見を持っていて、百姓はみんな馬鹿だと思っている。むろん百姓特有のあの陰湿な小狡《こずる》さは馬鹿と相反するものだが、それ以外の点では馬鹿なのである。だから近藤勇も利口であるべき筈《はず》がなく、絶対に利口であってはならないのである。おわかりいただけると思う。

また第三に、この時近藤勇は得意の絶頂にあった。得意の絶頂にある時は相当利口な人でも自己の力を過信し、多少は馬鹿になるものである。まして近藤勇なら、なおさらのことである。

なぜ近藤勇が得意の絶頂にあったか、それを説明しよう。

明治《めいじ》元年のことである。

官軍が江戸城を攻撃するため、上方から東上してきた。

この時近藤勇はじめ新選組の連中は、鳥羽《とば》伏見《ふしみ》の戦いに敗れて江戸へ逃げ戻っていた。いわば新選組の落ち目の時である。徳川《とくがわ》幕府も落ち目の時である。官軍にやってこられてはたまらないというので、幕府は近藤勇の進言を受け入れ、彼に甲府へ行かせ、官軍を食いとめるよう命じた。どうせ落ち目なのだからやることが荒っぽい。幕府は隊長の近藤勇に若年寄の格をあたえた。

　若年寄格というのは今日でいえば政務次官あたりに相当するのだそうだ。百姓あがりの狼みたいな浪士にそんな格をあたえるなど、乱世なればこそである。泰平の世ならばこんなことはないわけであって、いかに幕府が切羽詰っていたかがよくわかる。

ところが近藤勇の方では、そんなことはわからない。若年寄格といえば老中見習いの大名格であるから、即ちおれは大名になったのだと大変な嬉《うれ》しがりようである。大名になったのだからこの上は城が必要である。即ち甲府城をおれの城にすればよろしいのであると、まだ城を占領もしていないのにすっかり城主気どりでいるというわけ。

「お前らみんな、まとめて面倒見てやるぞ」と、近藤はいい気になって夢みたいな話をまだ続けていた。「平の隊士でも三千石は保証してやる」

　隊士たちはあまりに話がでか過ぎるのでいささか度胆を抜かれ、ぼんやり近藤を眺めながら黙って酒を飲んでいる。

「およしなさいよ。近藤さん」土方が苦笑していった。「まだ城をとったわけじゃないんだから。気が早すぎますよ」

「ううむ。そうかな」近藤は水をさされて黙ったが、自分のお喋りに気づいて顔を赤らめるような男ではない。ただ、土方歳三には頭があがらないというだけである。なぜ頭があがらないかは、あとで説明する。

とにかく「甲陽鎮撫隊」と名を変えた新選組は、三月一日に江戸を出発した。

新選組といっても、京都であばれまわっていた頃の隊士はほとんど時勢を見て脱走したり、鳥羽伏見の戦いで死んだりしているから、残っているのは近藤、土方、沖田《おきた》などを加えて約二十名、あとは江戸で募集した連中であって、これは江戸で火の番をしていた同心とか、幕府の撤兵隊、伝習隊の有志、それに菜葉《なっぱ》隊という青羽織隊から借りてきた連中、また中には博徒や小泥棒まで混っていて、鎮撫隊ではなく珍部隊、どうひいき目に見ても烏合《うごう》の衆である。

それでも隊長の近藤勇は若年寄であり、副長土方歳三は旗本格の寄合席、沖田総司《そうじ》が小十人格、なんのことはない官位の大安売りが進軍しているようなものだが、本人たちにしてみればたいへんな出世と思っているからそれだけで勇気百倍、おまけに幕府からは御手許金五千両、大砲二門、小銃二百挺《ちょう》を下賜されている。意気軒昂《けんこう》たるものがある。

「近藤さん。近藤さん」行軍の途中で、女のような色白で顔にいっぱいの笑みを浮かべ、土方歳三がやってきて近藤に耳打ちした。「今夜はひとつ、新宿《しんじゅく》へ泊りませんか」

「ん」近藤は二日酔いで赤く濁った鈍重な眼を土方に向けた。「出発一日めに新宿泊りとは、ちとのんびりし過ぎやせんか」

「近藤さあん」いかにも不粋なことをいうなと言わんばかりに、土方は近藤からほんの少し身を遠ざけて身をくねらせ、うわ眼づかいに近藤を睨《にら》んだ。

近藤は土方の、この眼に弱い。加えて秘密を共有している為の弱さもある。

たしかあれは、新選組の局長を、近藤勇と、新見錦《にいみにしき》と、隊士たちから嫌われて葱沢鴨《ねぎざわかも》などと陰口をたたかれていた芹沢鴨《せりざわ》の三名が勤めていた文久三年の春頃だった。

近藤の寝室へ、深夜、越中褌《えっちゅうふんどし》ひとつの姿で土方歳三がしのんできたのである。

「ああ、局長。局長」せつなそうな声を出し、土方は近藤のふとんにもぐりこんできた。

それまで男色に全然興味のなかった近藤は、胆をつぶして逃げようとした。だが土方は、優男《やさおとこ》に似ずすごい力で彼を押さえこんでしまい、近藤の寝巻の裾《すそ》をまくりあげた。

「ねえ。局長。いいでしょう局長。いいでしょう」

とうとう近藤は、無理やり土方に肉体を奪われてしまったのである。

その関係は、それ以来ずっと続いている。

そしてまた、それ以来土方は、表面近藤を局長として立てながら、事実上隊の采配《さいはい》を振るうようになった。嫉妬《しっと》深い土方が、芹沢鴨をはじめ、近藤の近くにいる隊士を片っぱしから暗殺しても、近藤は何も言えなかったのである。

「隊士たちには、うんと働いてもらわなけりゃなりませんからね」土方はねちねちした口調で、ささやくようにそういった。「そして隊士たちというのは、はっきりいって、作者も言ってるように、烏合の衆なんです。無頼の徒です。そういう連中を扱うには、ご機嫌とりも必要です。新宿には、宿場女郎がおります」

「遊女屋に泊るというのか。軍旅《ぐんりょ》なのに」

「軍旅なればこそです。隊士の士気を盛りあげるには、女をご馳走《ちそう》してやるのが一番とは思いませんか」

最初はためらっていた近藤も、土方の説得で、だんだんその気になってきた。「ふん。そういえば、御手許金五千両というのがあるな」

「そうですとも。五千両もあれば、これは豪遊できます」

こういう連中に大金を持たせると、ろくなことに使わない。

土方の口ぐるまにのせられ、近藤は急にはしゃぎはじめた。「よし。そうしよう。新宿の遊女屋を全部買い切りにしよう」

こうしてその夜は、新宿に一泊することになった。早く先をいそがぬことには官軍が甲府までやってくるというのに、のんきなものである。近藤はいった通り、ほんとに新宿の女郎屋を全部、買い切ってしまった。

遊ぶことにかけては豪の者ばかり、その上餓《う》えた狼のような男たちである。こういう連中の旅先での行儀悪さというものは、かの悪名高き農協といえど足もとにも及ばぬほどであって、部屋の中で鉄砲はぶっぱなすわ、二階の窓から小便はするわ、廊下や階段その他場所をかまわず遊女とおっ始めるわ、まさに狼藉《ろうぜき》の限りである。

近藤勇の悪名はむろんこのあたりにも伝わっていて、近藤は遊女たちからたいへんなもてよう。もちろん悪い気はしないので、店でもトップクラスの美女数人を横に侍《はべ》らせ、買い切りだからご指名受けて逃げられることもなく、近藤は上機嫌である。

「おいおい。わしの傍へばかり来ないで、もっとそっちの、土方や沖田の酌もしてやれ」

ここでも近藤は、土方を気にしている。もっとも土方の方では、近藤がいくら女にもてても、さほど嫉妬心は起さない。相手が男だった場合のみ逆上するのである。

「オーイ女が足りないぞ。もっと女を呼べ。いなけりゃよその店からもつれてこい」

新しく遊女たちの一団ががやがやと入ってきた。「アーラこんばんは。ワーこのかたが有名な近藤イサム先生なのね。マー素敵」

近藤がむっとしたような表情で唸《うな》った。「イサムじゃない。イサミだ」

「まあ、どっちでもいいじゃないですか。イサムでもイサミでも」土方がここぞとばかり、意地悪そうににやにや笑いながらいった。「どうせ相手は遊女風情。気にすることはないでしょう。どっちみちあなたが有名なことに変りはないんだから」

「イサミでなきゃいかん」近藤が怒鳴りはじめた。「おれの名の正しい呼びかたを知られとらんうちは、おれはまだまだ有名とはいえん。そんならお前は、ヒジカタと呼ばれるのと、ドカタと呼ばれるのと、どちらが嬉《うれ》しいか」

土方はいやな顔をした。

近藤は自分の名声を気にする傾向が強い。土方はそれを知っているから、常に近藤を立て、彼の名を表へ出すように気を配っているのである。もし近藤以上の人気者が新選組の中から出たなら、それがたとえ土方であっても近藤は彼を殺したであろう。

また、たとえば近藤は土方よりも二、三寸背が低い。土方の背丈が五尺四寸だから、近藤の身長はその時代でさえも平均以下だったといえよう。彼はそれを気にしていたから、土方はいつも近藤のそれよりずっと低い高下駄《たかげた》をはいていた。

作者の見た映画「エノケンの近藤勇」では、エノケンは滅茶苦茶《めちゃくちゃ》な高さの高下駄をはいていた。あの場合はエノケンがチビであることを誇張していたのであろうが、偶然いくらかは史実に忠実であったといえるわけだ。

さて、近藤たちが新宿でどんちゃん騒ぎをしている頃、東上を続ける官軍の方は、すでに甲府まで十三里しかないという中仙道《なかせんどう》の下諏訪《しもすわ》にまで迫っていた。しかもこの東山道先鋒《せんぽう》総督の支隊三千名を率いるのは、いくさ上手で知られた土佐の板垣退助《いたがきたいすけ》だったのである。

翌三月二日、近藤の率いる甲陽鎮撫隊は、ガンガンする二日酔いの頭をかかえて新宿を出発し、甲州街道へ入った。

街道に入ってすぐ、近藤の出生地で上石原《かみいしはら》という村がある。

勇の父は宮川久次郎《みやがわきゅうじろう》といってこの村の百姓だったのだが、百姓の癖に弓などを引き、生意気にも自宅に道場などを作っていた。むろん百姓だから自分が剣道を教えるわけではない。江戸牛込《うしごめ》にある天然理心流《てんねんりしんりゅう》の道場試衛館《しえいかん》の道場主で、近藤周助《こんどうしゅうすけ》という男に月三回位の割でここへ出稽古《でげいこ》に来てもらい、自分や息子たちに稽古をつけて貰《もら》っていた。勇は久次郎の三男で最初は勝太といったのだが、この勝太が百姓の倅《せがれ》にしてはわりあい太《た》刀筋《ちすじ》がいいのを見て、周助が自分の養子に貰い、近藤勇昌宜《まさよし》と名乗らせたのである。

上石原では、宮川の勝太が幕府若年寄格に出世しかの有名な近藤勇となって故郷へ帰ってくるというので、大歓迎の準備をしている。鎮撫隊のやってくる数刻も前から、街道の両側はずらり人の列である。近藤もそれを予想しているから、この日のためにわざわざ誂《あつら》えた裏金《うらきん》の陣笠《じんがさ》などをかぶり、堂々たる扮装《いでたち》で故郷の村へくり込んだ。たちまち街道は歓声の渦、紙吹雪が舞いテープがとび、今ならさしずめブカブカどんどんマーチの演奏高鳴るところ。

馬上ゆたかに見わたせば、有名になった己れを見あげる村人たち、記憶に残るあの顔この顔、一緒に遊んだ太郎や次郎や愛ちゃんがみんないい百姓のおっさんおばはんになって歓声をあげているから、近藤にしてみればこんなに嬉しく愉快なことはない。そのうち村の代表者が、おそるおそる前に進み出た。「近藤様。酒肴《しゅこう》の用意がととのえてございます。何卒《なにとぞ》あちらにてご休息を」

もちろん近藤も、これほど歓迎されているのにそっけなく素通りすることはできない。昔馴染《むかしなじみ》の誰かれから挨拶《あいさつ》されていい気分にも浸りたい。かくて甲陽鎮撫隊、またまた行軍を中断して一服することになった。

村の実力者の屋敷へ案内されて上座に据えられた近藤勇、次つぎ出される盃を飲んでは受け、受けては飲み、すっかり酔ってしまった。

「これは近藤イサム様。このたびはおめでとうございます」

「イサムではない。イサミだっ」

「失礼いたしました。さ、もう一杯どうぞ」

「よくこそお帰りになりました。近藤イサミ様」

「うむ。イサミといってくれたなあ。ありがたい。さあ、まあ一杯やれ」

「これはどうも。ではご返盃《へんぱい》」

村人たちにしてみれば、日本の情勢に疎く、幕府はあれども実際上ないに等しいことなど全然知らないから、ただもう大名格になった近藤を有難がってご馳走《ちそう》攻めである。やがて引きとめる袖《そで》を振りはらうようにその屋敷を出て、さて先を急ごうとしてもどっこい近郊には親戚《しんせき》知人が多いから、行く先々で引きとめられ、歓迎に次ぐ歓迎であって、なかなか上石原を抜け出すことができない。近藤とて、むろんそれは嬉《うれ》しいわけで、あちこちで有名人扱いされているうちだんだん気分が昂揚《こうよう》してきた。思えばこの時が近藤の最後の栄華だったわけだが、本人がそんなことを知るわけはないので、今や有頂天となってもはや躁《そう》状態である。だがこの時官軍は、下諏訪を発《た》ち上諏訪を通り、金沢《かなざわ》を経てすでに蔦木《つたぎ》にまで近づいていた。蔦木から甲府まではほんの数里である。

土方歳三がさすがに気にしはじめ、浮かれ騒いでいる近藤勇にそっと耳打ちした。

「近藤さん。そろそろ出かけませんか。早く行かないと遅くなります」あたり前のことをいっている。

「うん。まあ、しかし、もう少しぐらい、いいではないか」近藤はなかなか腰をあげようとしない。

「今夜の予定は、府中《ふちゅう》泊りということになっています。府中には、わたしの実兄がおります。良順といって、医者をやっている男ですが、もちろんここでも歓迎の準備をしている筈《はず》なのです。いや、必ずや大歓迎をしてくれます」

「ほほう」大歓迎と聞いて、やっと近藤は先をいそぐ気になった。「では、そこへ行こうか」たよりない隊長である。大歓迎のあてがなければ先へ進む気にならないのだからひどいものだ。

酔っぱらったままでどうにか馬に乗り、ほんの一里ほど進めばもはや府中である。先発隊が近藤たちの到着を予告しておいたから、むろんここでも大歓迎の準備に怠りはない。一行が到着すると、土方の兄の良順がやってきて、弟よりも先に近藤に挨拶をした。土方から近藤の性質を聞いてよく知っていたからである。

「これは近藤イサム様。ようこそ」

「ほらっ。またイサムという。イサミだというのに。もう」

ここでは近藤、土方ともども有名人扱いであるが土方は少しでも自分の方に人気が集中すると近藤がむくれるので、気が気ではない。

この夜はこの府中で一泊することになったが、もちろん深夜まで歓迎の酒宴が続いたことはいうまでもなく、近藤はじめ隊士全員、昼間からの振舞い酒に行軍の疲労が加わってもうぐでんぐでんである。

翌三日め、昼過ぎまで寝ていた近藤を、土方がゆり起した。「近藤さん。さあ出かけましょう。もう昼を過ぎています」

「うん。うん。もう少し寝かせておいてくれい」

「今日もまた、行く先々で歓迎の準備ができていますよ」

「ほほう」現金なもので、歓迎と聞いて近藤の眼がぱっちりと開いた。「どこで歓迎してくれるんだ」

「今日はわたしの生まれた石田村《いしだ》を通ることになっています。必ず大歓迎です」

近藤はしぶい顔をした。「だってそこは、お前の出生地だろう」

「あなただって有名だから、歓迎されます。さあ、起きて起きて」

「あと半刻《はんとき》、寝かせろ」

「何言ってるんです。起きないならお尻《しり》を借りますよ。そうすりゃ眼が醒《さ》めるでしょう」

「馬鹿いえ。こんなまっ昼間から何をする」近藤はあわててとび起きた。「誰かに見られたらどうする気だ」

隊をととのえふらふらしながら、歓呼の声に送られて府中を出発すれば、眼と鼻の先が土方の出生地石田村である。むろんここでも酒攻めご馳走攻めの歓迎だが、近藤は土方と自分のどちらの方により人気があるかを常に気にして、周囲の人間に小あたりに打診してみたり、それとなく一座の視線を確かめたりしている。わざと自分の名前を呼ばせるように仕向け、まちがった呼び方をするかどうかで自分の知名度を知ろうとするところなど、まったく現今のちんぴらタレントと変るところはない。

ここで騒ぐこと数刻、もはや日が暮れかけてきた。

「さあ、近藤さん。そろそろ出発しましょうや。いくらなんでも呑気《のんき》過ぎます」例によって土方が近藤に耳打ちした。

「ふん。今夜の泊りはどこだ」

「日野《ひの》です」

「日野か。ふん。そこでは何かいいことがあるのか」

戦争に行くというのに、行く先々に餌がないと尻をあげないという男が隊長だから、土方の苦労も大変なものである。

「ありますとも、ありますとも。日野にはわたしの姉があります」

「そこではおれを歓迎してくれるか」すっかり有名人扱いに中毒した近藤勇、もはや歓迎されぬところへは行く気にならない。

「あたり前です。しかも姉婿《あねむこ》は佐藤彦五郎《さとうひこごろう》です」

「ふん。聞いたことのある名前だな」

「当然でしょう。あなたと同門の、あの佐藤です」

「おお。あの彦五郎か」昔馴染である。

「われわれが今夜泊るということは、先発隊が教えている筈ですから、すでに大歓迎の準備をし、首を長くして待っていることでしょう。さあ、早く行きましょう」

「うん。それなら行こう」

またもや千鳥足の行軍が始まった。

その頃官軍の方では、二日の夜に泊った蔦木から甲府城へ向けて何度も使者を出し、うるさく開城を督促していた。

甲府勤番の城代佐藤駿河守《さとうするがのかみ》は、表面では官軍に恭順の態度を示していたが、実は甲陽鎮撫隊が来るのを心待ちにしていたのである。ところが鎮撫隊よりも先に官軍がやってきたので驚いた。そこで、なるべく入城の時を遅らせようとし、使者にこう返事をした。

「今のところ甲府は平穏である。どうか蔦木よりの前進は見あわせていただきたい。かえって騒動が持ちあがる」

ところが官軍の方では、城代が鎮撫隊到着を待ち受けていることぐらい先刻ご承知であって、なかなかその手には乗らない。かまわず蔦木を出発し、進軍を続けた。

一方鎮撫隊は、日が暮れてからやっと日野に到着した。一日かかって、府中から日野までほんの二里足らずしか進軍しなかったわけである。しかもこの日野では、土方の姉おのぶの亭主で、ここの名主をしている佐藤彦五郎という男がこれまでにない盛大な歓迎の宴を張ったため、またも飲めや歌えのどんちゃん騒ぎになってしまった。

おっちょこちょいというのはどこにでもいるものである。この彦五郎、酔って演説をはじめた。

「えへん。あー、近藤、土方の二士を出《いだ》したるは、まことわが郷党の誇りであります。その二士がこれより戦いに赴かれる以上は、このわたくしも傍観していられません。わたくしもこの戦いに参加させていただく。わたくしはすでに、ここ数日近在の有志を募り、自ら春日隊というのを編成しておりますので、これと共にわたくしも従軍いたします。そしてこの甲陽鎮撫隊の兵糧《ひょうろう》万端、すべてわたくしにおまかせください」

兵糧もくそもない。この時官軍はすでに甲府城へ入城してしまっている。もっとも鎮撫隊の方でも、先発隊はもう甲州路に入り、郡内の大月《おおつき》にまで達していたのだが、肝心の近藤、土方など本隊の方が、泊っては飲み、飲んでは泊りの酔っぱらい行進だからどうしようもない。そのうちに、板垣退助が甲府城へ近づきつつあるという一日おくれの報告を受けとったため、あわてて本隊へ伝令をさし向けた。この伝令が日野に着いたのは翌四日の未明、近藤はじめ隊士全員、ご馳走酒に酔っぱらって泥のように眠りこけている時だった。

「近藤さん。近藤さん」と、土方が近藤をゆすり起した。

「ああ、なんだ土方か」寝ぼけ眼の近藤は、何かと勘違いしてつぶやいた。「尻は貸してやるが、この間から飲み過ぎて下痢しとるから、少し汚いかもしれんよ」

「それどころじゃありません」土方が少し大きな声を出した。「板垣退助の率いる官軍が諏訪を出発して、甲府に向かったそうです。今、先発隊からそう報告してきました」

「ほんとか」近藤は眼をしょぼつかせ、ゆっくりと起きあがった。

「だから、言わんことじゃありません。わたしが急ごう急ごうといってるのに、近藤さんがのんびりしているから」

「何をいう」近藤が眼を剝《む》いた。「おれは最初、急ぐつもりだった。ところが最初の晩、お前が新宿へ泊ろうと言い出した。あれがいかんのだ。あれで悪い癖がついちまったんだぞ。お前が悪い」

「とにかく、いそいで出発しましょう」そういってがらりと雨戸を開いた土方は、外の景色を見てあっと叫び、棒立ちになった。

「どうした」

「雪です。大変な雪です。大雪です」

近藤が土方の肩越しに眺めると、なるほど一面の銀世界、どうやら夜の間に積もったらしく、屋根も道路もまっ白けである。おまけにまだ降り続けている。

「しかし、しかたがありませんな。出かけましょう」

「この大雪の中をか」近藤はしぶい顔をして鼻毛を抜いた。

「雪を嫌ってはいられません。官軍がそこまで来ているのですよ」

「官軍だって、雪にとじこめられるかもしれんよ。それに今日は、小仏峠《こぼとけとうげ》を越さにゃならんのだろ」

「なんとかして、越しましょう。甲府城を先に奪われたのでは、もともと子もないのですから」

近藤がまだしぶっているので、土方はまた餌を見せて彼を釣りにかかった。「今夜の泊りは与瀬《よせ》です。先発隊に言い含めて、いい宿と、いい女を用意しておくよう命じてあります」

「ふうん。それじゃあまあ、出かけようか」

さすがに官軍のことが気になったのか、この日は甲陽鎮撫隊も、雪というのに数里を行進し、小仏峠を越えて与瀬にたどりついている。

与瀬というのは相模湖《さがみこ》畔の小さな町だが、近藤たちはこの与瀬のいちばん大きな宿屋に泊った。ずっと酒浸りだったのだからひと晩くらいは飲まないで早く寝ちまえばいいのに、隊士全員いささかアル中気味になっていて、一刻でも酒が切れれば禁断症状を起してあばれるという状態である。宿へ着くなりまたまた酒盛りがはじまった。

「ご免くださいませ」

「こんばんは」

女たちもやってきた。

「近藤イサム先生。さあ、一杯どうぞ」

例によって、イサムではないイサミだと怒鳴りつけるつもりで、傍らに坐《すわ》った女の顔を眺め、近藤ははっとした。年の頃十七、八と思えるその女の顔かたちが、娘のたま子そっくりだったのである。

「む」と、近藤は唸《うな》った。

近藤は江戸で、妻のつねや娘のたま子と別れてきたばかりだった。彼は娘のたま子を、いやらしいほど愛していた。だが、いくら愛していても、年頃になれば婿《むこ》をとらねばならない。出発の数日前、彼はたま子の婿になる筈《はず》の、養子彦五郎にも会っていた。

どうしてあんな男に、可愛い娘を奪われねばならんのか、そう思い、近藤は腹を立てていた。だが今、たねと名乗るわが娘そっくりの女を見て、近藤はすぐに、せめてこの女を抱くことで娘を奪われた憂さを晴らそうと心に決めたのである。

一日中雪の進軍を続けてきた疲労のため、隊士全員がたちまち酔っぱらってしまったところへもってきて、近藤が部下の眼もかまわずたねといちゃつきはじめたものだから、隊長があんな手本を示すならこっちもとばかりわれもわれもと大広間のそこかしこで女を抱きはじめ、時ならずしてくり拡げられる乱交大パーティ、その上殴りあう者、笑う者、踊り出す奴、泣き出す奴、宿の二階の大広間はもうひっくり返らんばかりの大騒ぎである。

さて、この与瀬から甲府城までは、まだ十七里もの距離があった。にもかかわらず近藤はここで二泊している。思うに、わが娘に似たたねから離れられなくなったか、大雪に降りこめられたか、どちらかであろう。たね可愛さに大雪を口実にして出発をのばしたと考えるのが妥当かもしれない。

「こんなにのんびりしていては、甲府城が官軍の手に渡ってしまいます」

布団の中でたねを抱いたきりの近藤に土方が忠告しても、馬の耳に念仏である。

「なあに。官軍だってこの雪じゃあ、動きがとれるまい」みんな自分と同じように思っている。

次の日も、むろん昼間から酒盛りである。夜になっても酒盛りである。江戸を出てか
らもう五日も経っている。つまり三月五日の夜なのである。

ところが三日に甲府城を占領した官軍は、五日の昼間に入城してきた松代《まつしろ》藩兵を留守
軍として城内に残しておき、さらに東上を続けて、その先発隊はなんと、五日の夜与瀬
を通過しているのである。つまり近藤たちが街道に面した宿屋の二階で「ワー」などと
いって騒いでいる時、すぐ前の道を官軍が、「アー」などと喚声をあげながら大いそぎ
で東の方へ突進して行った勘定になる。実に信じられぬくらい馬鹿ばかしい話だが、本
当のことなのだからしかたがない。

この時土方歳三は酔って座をはずし、一階の便所で小便をしていた。

「ハハー何か知らんが馬どもが暴走しておるなー」

街道の軍馬の蹄《ひづめ》の音を聞いても、酔っているから最初はそんな呑気《のんき》なことを考えてい
たが、ふと便所の小窓から外を覗《のぞ》けば自分たちのやってきた方角へ進軍して行くのがま
ぎれもない官軍であるから、ワッと叫んで驚いて小便がとまってしまった。

この時以来土方は尿道炎が持病となり、三十五歳の時に五稜郭《ごりょうかく》で戦死するまでずっと
これに苦しめられていたという。

あわてふためいた土方が二階に駈《か》けあがり、あいかわらずたねを横に抱いて酒を飲ん

でいる近藤にこれを急報する。一同仰天して総立ちになったが、今までのんびりしておきながらにわかにあわてたところで追いつかない。

それでも官軍をできるだけ食い止めるのが本来の任務だから、翌日雪の中を甲府へ向けて出発しようとすると、ひと晩のうちに隊士のほとんどが脱走してしまって、総員わずか百二十一名になってしまっている。これでは甲府城の奪還はおろか、やってくる官軍と戦うことさえできない。

しかたなく柏尾山《かしおさん》に陣どって大砲二門を据え、せめて押し寄せる官軍に砲火を浴びせようとしたものの、砲兵がしろうとだから口火を切ることを忘れていて、ぶっぱなす砲弾は全部不発。そのうちに白兵戦になって、ひとたまりもなく敗れてしまった。隊はばらばらとなり、近藤たちはほうほうの態《てい》で江戸まで逃げ帰ってきた。

これ以後近藤勇は、昔の名声もどこへやら、すっかり落ち目になってしまうのだが、土方だけはそんな近藤の面倒を何くれとなく見てやり、しかも自分は生涯妻帯しなかったという。馬鹿さ加減に愛想もつかさず、それほど親身になってやったのは、よほど近藤を愛していたからであろうが、ここいらあたり、作者などにはまったくわからぬホモだちの世界である。

公害浦島覗機関《たいむすりっぷのぞきのからくり》

どんなに頑丈なホテルであっても、建ってから三十五年も経てば、あちこちにがたがくるのは当然である。

数年前まで、伝統と気品を誇るこの紫苑《しえん》ホテルは、年にほんの二、三回、あちこちを補修しているだけでよかった。だが、ここ二、三年は営繕予算がうなぎ昇り、特に今年などは建物の内外、連日連夜必ずどこかで工事をしているという有様だから、営繕係長のおれなどは、寝ている暇もない。

今日も今日とて夜までかかって、ホテルの平面図を中に工事関係者たちと打ちあわせをしたあと、事務所にただひとり残されたおれは、いささかぐったりとして、ぼんやりとタバコをふかしながら机の上を眺めていた。

おかしなことに気がついたのはその時である。

「おや」

身を肱掛《ひじかけ》椅子の凭《もた》れから起し、おれは机に拡げられた二枚の平面図を見くらべた。片方は一階の平面図、もう一方は二階の平面図である。一階はロビーや事務所、それにレストランが大部分の面積を占め、二階は客室である。このホテルは三階建てで、三階も客室だが、三階の平面図は二階とさほど違わぬと思ってよい。

平面図のところどころには正方形の柱型が描かれている。そのうち、一階にある柱型のひとつが長方形に描かれている。これだけなら、さほどおかしくない。建物の中でその部分にだけ特別重量が多くかかるという場合、その部分の柱だけを大きく作ることは充分あり得るからだ。その長方形の柱型というのはこの事務所の中にあって、平面積が他の正方形の柱型の丁度倍の大きさで、短い方の一辺が壁に接している。おれの席からもその柱型が見えるが、平面図通りたしかに1×2メートル程度の長方形になった柱型だ。柱型には目地を切って羽目板のように見せかけた黒っぽいラワンの壁材が張りつけてある。

おかしいというのは、同じ部分の二階の柱型が、約1×1メートルの正方形であるということだった。つまり同じ柱型が二階では一階の半分の太さになってしまっているわけであって、建築設計上よほど特殊な場合でない限り、こういうことはあり得ない筈《はず》だ。しかも建物全体を眺めた場合、力学的にはその部分にそんな特殊な設計をしなければならぬ必然性はまったく見あたらない。

「しかし、何か理由がある筈だ」おれは首をひねり、さらに二枚の平面図を見比べた。

二階の柱型は、二〇八号室と二〇九号室のちょうど境にある。どちらもツインベッド、サロンつきの、この紫苑ホテルでも最高級の部屋である。二〇八号室は昔から、内閣の

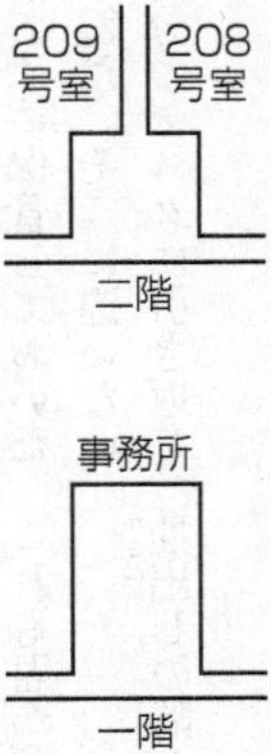

閣僚が秘密の会議や打ちあわせに使っていた部屋であり、二〇九号室の方も以前から閣僚の家族や日本へやってきた各国政府の要人が宿泊する部屋である。おれは次第に興奮してきた。

外国の古いホテル等には、貴賓室に通じる抜け穴や覗《のぞ》き見したり盗み聞きをしたりする秘密の部屋があるというではないか。この奇妙な設計の柱型のある場所が、このホテル随一の豪華客室の場所と平面的に重なっているのは、どう考えても偶然とは思えない。よし。調べてやろう。そう思い、おれは立ちあがった。

柱型に近寄り、ラワンの壁材を握りこぶしで叩《たた》いてみた。ぽこん、ぽこんという音がして、柱型の上部から埃《ほこり》が落ちてきた。古い壁材で、ホテルができてから一度も張替えていない。事務所の中だから、少しぐらい汚くてもいいと思い、おれが営繕係長になってからもずっと放りっぱなしにしておいたのである。

表面をざっと調べてみたが、あるのはこまかい傷ばかりで、押しボタンや、取りはずしできそうな部分は見あたらない。

次に、細い目地を順に調べていった。

幅の狭い辺、つまり壁に接している辺の反対側にあたる面の、いちばん右端の目地の胸の高さの部分に、ぽつんと黒い穴があいていた。よほど注意しなければわからないほどの小さな穴である。

「鍵穴《かぎあな》だ」

金具こそついていなかったが、かすかに鍵の形をしていたので、おれはすぐにそう思った。そう思うと同時に、別のことに思いあたった。

四年前、おれが営繕係長に昇任した際、前任の男が、営繕関係の鍵束といっしょに、小さな鍵をおれに渡しながらいったのである。

「この鍵だけは、どこの鍵だかわからない。従業員の誰に訊《き》いても知らないんだ。ホテル内のどこかの鍵であることにはまちがいないのだが、こんな小さい鍵だからどうせ重要なものではないだろう。しかし、いつかもし、開かずの間が発見されたりしたら困るから、今まで捨てずに保管しておいた。これも君が預っておいてくれ」

あれだ。あの鍵だ。そうに違いない。

おれはすぐ自分のデスクに引き返し、抽出《ひきだ》しの隅から小さな鍵をほじり出して柱型の前に戻った。

そっと穴にさしこむと、ぴったりである。

ゆっくりと、まわしてみた。

中の金具が錆《さ》びついているのか、なかなかなめらかにまわってくれない。

やがて、かちり、と、手ごたえがあった。

そのまま錠ごと引いてみると、ラワン材の壁面がゆっくりと手前の方へ動きはじめた。

その面全体が巨大な片開きの扉になっていたのである。

柱型の中は空洞で、その空洞と同じ幅の二階への狭い階段がある。

流れ出てくる冷い空気と異様な匂い。

やっぱりそうだったのだ。抜け道なのか、覗《のぞ》き見の為なのか、そこまではまだわからないが、とにかく秘密の通路は存在したのだ。

おれは開かれたままの扉の手前で、しばらくは茫然《ぼうぜん》と立ちすくんでいた。

この通路を作った人間は、どうやらこの通路のことを誰に話すこともなく、忘れてしまうか死んでしまうかしたものらしい。階段には厚く埃《ほこり》が積もっていて、それが、ながい間誰もここへ入らなかったことを示している。すると、どうやらこの通路の鍵《かぎ》で現存するものは、おれの持っている鍵ひとつだけらしい。してみればおれが仮にこの中へ入って行っても、誰もあとから入ってくる者はいないのだから、覗き見を誰かから発見されて騒ぎ立てられ、ホテルの仕事をクビになるなんてこともあり得ないわけである。

よし。入ってみよう。

覗き見や盗み聞きはもともと好きな方だ。おれは意を決し、通路に入って扉を中から閉め、階段をゆっくりと二階へ上がりはじめた。

奇妙な上昇感覚があった。

階段を上っているのだから上昇感覚があるのはあたり前だが、それとは違った感じで、いわば上昇中のエスカレーターの階段を、さらに自分の足で上っている時のような気分だった。一種の嘔吐《おうと》感にさからいながら、おれは暗黒の中を手さぐりで上り続けた。

階段を上りつめ、あげぶたを上げて正方形のフロアーに出た。つまり二階の柱型の中の空洞だ。階段の分だけ一階の柱型がタテ長だったわけである。両側の室から細く明りが洩《も》れてくるので、その空間が約一メートル四方の狭い部屋であることを知ることができたのだ。

おれはさっそく右側の部屋、即ち二〇八号室を、その隙間から覗いてみた。今日、この部屋に総理をはじめ、数人の閣僚が集まっていることをフロントから聞いて知っていたからである。

肱掛椅子が数脚、中央の低い丸テーブルを囲む形で置かれていて、総理大臣、公害担当国務大臣、厚生大臣といった、週刊誌やテレビでおなじみの顔が集まっている。

「で、今日来るのは誰だれだね」と、総理が不機嫌な顔で訊《たず》ねた。

公害大臣が答えた。「はい。大胴製鋼、不二製鉄、西部工業、赤綿産業などの社長で、いずれも都内に、ひどい公害を出している工場や下請工場をたくさん持っている会社の社長です。もう呼び集めてありまして、隣室で待たせてあります。みんな、総理から叱られることを予想して、びくびくしております」

「ふん」総理は苦笑した。「じゃあ、すぐに会おう。入れなさい」

「かしこまりました」

社長タイプの男が四人、腰を低くし、おそるおそる部屋に入ってきた。

「今日集まっていただいたのは、他でもありません」と、公害大臣が喋《しゃべ》りはじめた。

「あなたがたの出している公害のことです」

四人は、身をすくめた。

「お叱りを受けるのは覚悟の上でまいりました」社長のひとりが悲痛な調子で答えた。

「しかし、わたしたちだって、好んで公害を出しているわけではありません」

「そうですとも。はい」と、二人めの社長がうなずいた。

「公害出さんとこ思うたら、工場やめなあきまへん」と、三人めの社長がいった。「何万人もの工場労働者や従業員はどうなりますか。生活でけまへん」

「そうですとも。はい」と、二人めの社長がうなずいた。

「世の中は銭ずら」と、四人めの社長がいった。「おれたちばかりに責任押しつけるのはいかんずら。公害出さぬようにするにも、銭がいるずら。政府が銭を出さにゃ、いかんずら」

「そうですとも。はい」

「あんたがたは、何か勘違いしてるよ」と、総理はいった。「落ちついて、こっちの話を聞きなさい」

「そうですとも。はい」

「現在、わたしたちは、公害などよりももっと厄介な、もっと大きな問題をかかえこんでいる」総理が話しはじめた。「それは人口問題だ。そして、都市問題だ。こんなに爆発的に都会の人口が増加したのでは、遠からず全都市がスラム化する。現に、犯罪などは前年の倍、倍と増加しておる。そこで都市再開発を急がねばならん。やる限りは、都市全体をいったんぶち壊し、その上で都市計画にしたがい未来的な大都市を建設するのだ」

「遠大な計画です」と、一人めの社長がいった。

「そうですとも。はい」と、二人め。

「こんなうす汚い都会は、一回全部潰《つぶ》してしもうたらよろし」三人め。

「銭がかかるずら」四人め。

「そう、それが問題だ」総理はうなずいた。「都会の住民を全部農村などの地方へいったん疎開させようとすれば、これは大変な金がかかる。そんな大金を国家の予算から出すわけにはいかん。そこで」総理は身をのり出して、声を低くした。「そこで、あなたがたに頼みがある。もっともっと、公害を出してほしい。都会を、亜硫酸ガスと鉛と光化学スモッグと一酸化炭素でいっぱいにし、とても人間の住めないような状態にしてしまってほしいのだ」

四人の社長はあきれて、しばらく茫然《ぼうぜん》としたまま総理の顔を眺めていた。

「そりゃあ、こういうことをするのはあまり人道的でないことはわかっとるよ。しかし、背に腹はかえられん。みごと都市計画を実現したあかつきには、わたしは名総理と謳《うた》われて、名は歴史に残る。わたしに退陣を迫る者もいるが、こいつをやらずにやめるわけにはいかんよ。今まで着々と計画を練ってきたんだからね。結果的にはこの国を住みよくすることになるんだ。だからあんたたちも、わたしのこの国づくりに力を貸してほしい」

「わかりました」一人めの社長が、眼を輝かせはじめながら大きくうなずいた。「総理の頼みとあれば誠心誠意、腕によりをかけて公害をまき散らし、国づくりに励みます」

「そうですとも。はい」と、二人め。

「そやけど、総理」三人めの社長が、心配そうに訊《たず》ねた。「あんまり公害をまき散らしたら、またマスコミのアホがギャーギャー言いよるのん違いまっか」

「それは、こちらで手を打とう」総理は軽くうなずき、他の大臣をふり返った。「それは何とかなる、な」

大臣たちは顔を見あわせ、軽くうなずきあった。「そうです、な」

「都会の住民やマスコミがいくら騒いでも、こっちはなんとも思わんずら」と、四人めの社長がいった。「問題は銭ずら。公害まき散らして儲《もう》かって、しかもお国の役に立てばこんなすばらしいことはないずら。どんどん公害起して、都民の蛆虫《うじむし》みんな追い出してやるずら。ゲハ、ゲハ、ゲハハハハハ」

全員の意見と目的が一致し、大臣が社長たちと握手をはじめたので、おれは隙間から顔をはなした。

次に向きを変えて、反対側の二〇九号室を覗《のぞ》くことにした。明りが洩《も》れている隙間に眼を押しあてると、そこはツインベッドの置かれた寝室である。

「換気がきいていて、ここはまるで天国ね」

そういいながら、控えの部屋から寝室へ入ってきたのは、眼の大きな可愛い娘である。白いスーツを着て、髪は肩まで垂らしていた。中流家庭の娘のようだった。

「今日、外は何PPMだったかな」

続いて入ってきたのは、エリート意識をぷんぷんあたりに発散させ続けている、若い男だった。こっちの方は服の仕立や物腰から見て、上流家庭に育ったに違いない。商売柄、おれは、そういったことを判断する眼は確かであって、成りあがりや一夜漬《いちやづけ》のマナーはすぐにわかる。

「ええと、今日はたしか、〇・八三PPMだったわ」と、娘が答えた。

何かのまちがいだろう、と、おれは思った。〇・八三PPMでは、とても生きてはいられない。だが青年の方は別に驚きもせず、うなずいた。

「そうかい」彼は娘に近寄りながらいった。「換気がきいているといったって、このホテルは古いから、機械類の設備が悪いんだ。浄気装置だって旧式のものを使っているらしいから、空気を完璧《かんぺき》に浄化しているわけじゃあるまい。ただ、他のホテルは従業員のマナーが悪くてぼくにはとても我慢できないんだ。その点このホテルは、格式があるから落ちつける。少し空気が悪いのを我慢すれば、泊り心地はわりといいよ」

「そうかしら」娘は深ぶかと呼吸をした。「わたしには、こんなに空気が綺麗《きれい》なところはないような気がするけど。だって、こんなにおいしい空気、久しぶりよ」

「でも、〇・二PPMはあるよ」青年は顔をしかめ、娘をやや軽蔑《けいべつ》の眼で眺めながらそういった。だが、すぐに気を変えて、娘の背後から彼女の胸にゆっくりと腕をまわした。

「さあ。お脱ぎよ」

「あら」娘は顔を赤らめた。「だって」もじもじした。

「さあ。早く」青年はたちまち、短気そうないら立ちの表情を見せた。「ぼくたちは婚約してるんだぜ」

青年の語気に、娘は少しおどおどして、小さくうなずいた。「はい」

服を脱ごうとする姿勢をとった娘に、青年はおどりかかった。そして彼女をベッドに押し倒した。娘は軽く悲鳴をあげた。

「あら。何するの。何するの」

「ぼくは、この方が興奮するんだ」青年は息を荒くしていった。「こうした方が、興奮するんだ」手をのばし、娘のスカートをまくりあげようとした。

「どうしてそんな、乱暴なことするのよ」彼女はもがきながら、泣き声を出した。「もっと、やさしくしてくれたって、いいじゃないの。わたし、こんなのいやよ。だって、わたし、はじめてなんですもの」

「はじめてだからどうだっていうんだ」我《わ》が儘《まま》さをむき出しにして、青年はこめかみに青く静脈を浮き立たせ、怒りに口の隅を歪《ゆが》めて娘を睨《にら》んだ。「いやなら、どうしてこの部屋へついてきた」立ちあがった。

娘は青年につきはなされ、起きあがってベッドの端に腰をおろし、しくしくと泣き出した。

「もっと、やさしくしてもらえると思っていたんですもの」

並はずれた癇癖《かんぺき》の持ち主らしく、青年は唇をふるわせながら、けんめいに怒りを押さえて娘にいった。「やさしくしろだって。君はぼくに、命令するのか。このぼくに」手を顫《ふる》わせはじめた。「じゃあ、結婚してからも、ぼくに命令し続ける気なんだろうな」

青年は怒りを静めるために大きく深呼吸しながらいった。「じゃ、もういちど考え直さなきゃ、いけないな。ぼくも」

娘はあわてて立ちあがった。「命令なんかするつもりは、ちっともありません。だってわたしがあなたに、命令できる筋あいなんかないんですもの」

「そうだ」青ざめた顔のままで、青年はゆっくりとうなずいた。「もちろん、そうだ。よくわかってるじゃないか。君のパパの経営している小さな町工場は、あたり一帯に公害をまき散らしている。ぼくの会社が下請に使ってやらなかったら、破産してるか、近所の住民の圧迫で、潰されていたところだ。ぼくは口やかましい近所の連中の口封じの面倒まで見てやったんだ」

「よく、わかっています」娘は泣きじゃくりながら、おろおろ声であやまった。「わたしが悪かったの。あなたのおっしゃる通りにします。怒らないでください」

「そうか。わかったのならいい。君は親孝行な娘だ」青年は無理やり唇を歪めて笑いを作り、痩《や》せたからだを硬直させ、細く骨張ったその指を開いたり握りしめたりしながらうなずいた。

「現代には珍しい親孝行な娘だ。だがこれからは、父親ではなく、ぼくに尽くしてくれなければならない」

「はい」まだ泣きじゃくりながら、娘は顔をあげた。「あなたに尽くします」

青年は自己満足の笑いとともに機嫌をなおした。「よろしい」

彼は口の中でうっと呻《うめ》いて娘にとびかかると、ふたたび彼女をベッドの上に押さえつけた。

「あ」娘はまた軽く声を立てたが、今度は抵抗せず、手足の力を抜いて青年のされるままになっている。

おれはだんだん、この自己中心的な青年の我が儘さに腹が立ってきた。とび出していってこの若僧をぶん殴ってやりたい気持でいっぱいだが、出歯亀の身を考えれば、もちろんそんなことはできない。

青年は娘の純白のパンティを乱暴にむしりとった。おれの視野の中心にあったのは、あきらかに処女の、固い蕾《つぼみ》を連想させる生殖器だった。おれは娘の気持を察して、ただ痛いたしく哀れに思うだけだった。窃視症的な満足はこれっぽっちもなく、サディスティックな青年の行為に、憤りを覚えるだけだった。彼は娘の下半身を、思いやりのない無神経さでむき出しにしてしまうと、片手で娘の胸を押さえこんだまま、興奮に顫《ふる》えるもう一方の手で自分のズボンをあわただしく脱ぎ捨てた。あらわれたのは細くなま白い足と、貧弱な半包茎の男根だった。それなりに怒張してはいるものの、その陽物を形容するなら、それは少し大きいめの青唐辛子としかいいようのないものだった。だが、それですら娘の未成熟の性器には大きな負担だったらしい。娘は堪えかねて悲鳴をあげた。たちまち白いシーツに血が流れた。

それ以上見ていられなくなり、おれは吐き気とともに隙間から眼をはなした。

その嘔吐《おうと》感は、ただあの青年への怒りや、血を見たためだけのものではなかった。物理的な圧迫が、おれのからだをしめつけているためだった。それが何に由来するものか、狭い空間の冷気によるものか、闇に漂う異臭によるものか、それともそれ以外の何かの理由によるものか、その時には全然わからなかった。

二〇八号室から、まだ話声が聞こえてくるので、おれはふたたび隙間から室内を覗《のぞ》きこんだ。

総理大臣、公害担当国務大臣、厚生大臣といった顔ぶれはさっきと同じだが、どこか様子が違っていた。

「おや、おかしいな」

おれは室内の様子を観察し、さっきと違っているところを見つけようとした。

三人の大臣の服装が違っていた。さっきは全員夏の背広だったのに、いつのまに着換えたのかみんな冬の背広を着ている。ホテルの冷房が強すぎるため、あんなものと着換えたのだろうか。しかし、わざわざホテルへ季節はずれの背広の着換えを持ってきたりする筈《はず》はない。

さらにおれは、壁にかかっている額の絵がさっきと違っていることを発見した。さっきはブラックの静物だったのが、今度はビュッフェの風景画である。額縁まで変ってしまっている。さらに肱掛《ひじかけ》椅子の形も、中央の丸テーブルも、さっきとは全然違っているのだ。なにがなんだか、さっぱりわからない。

三大臣の話の内容を聞けば、その理由もわかるだろうと思い、おれは耳をすました。

「これだけ公害がひどくなっているのに、まだ都民のほとんどが東京にいる」総理がかんかんに怒って叫んでいた。

そんなに早く出て行けるものではない、とおれは思った。つい今しがた、公害を起せと各企業の社長に命じたばかりではないか。

「しかし」と、公害大臣がいった。「今日などは〇・九九ＰＰＭなんですよ。これは東京だけではなく、全国大都会の平均値です」

おれはぶったまげた。そういえばさっき、二〇九号室の二人はたしか〇・八三PPMとかいっていた。いつのまに、都会の大気中の有毒ガスの量がそんなにふえたのだろう。大気汚染の許容量はたしか〇・一五PPMだった筈《はず》だ。〇・九九PPMということは、空気一立方メートルの中に約一立方センチの有毒ガスが含まれている状態ではないか。おれは顫えあがった。そんなに汚染された空気の中に住んでいる人間がいるなんて、とても信じられない。

「とても、信じられません」と、厚生大臣がいった。「これほど空気が汚染されて、死者や病人が続出しているのに、都会から誰も出て行こうとしないのです。都会の住民には、自分のからだのことを心配する気持が、まったくないのでしょうか。わたしにはそうとしか考えられないのですが」

「自分の命のことを気にしない人間なんて、絶対にいるものか」と、総理は叫んだ。「もしいるとしたら、それは鳥やけものにも劣るやつらだ。事実東京には現在、ネズミ一匹、ハト一羽いなくなってしまっているではないか。もうじきゴキブリまでいなくなってしまうぞ。それなのに肝心の人間が、まったく出て行かない。これはいったい、どうしたことだ」

「出て行かないのではなく、出ていけないのではないでしょうか」と、公害大臣が考え深げにいった。「動物には生存本能と同じくらいの強さで、定住本能というのがあるのです。特に人間は、建設本能、居住本能の発達した高等動物です。その上、仕事という、より大きな社会的集団生活に対する強い執着がある。それを犠牲にしてまで、ちっとやそっとのことで山の中へ逃げこむ気にはならないのではないでしょうか」

「しかし、他の何よりも生存本能の方が強い筈だ」総理はいらいらしながらつぶやいた。「だって、死んじまえばもとも子もないんだからな」

「でも、総理」と、公害大臣が反論した。「あなただって、こうして危険な都会の中に現在いらっしゃるじゃありませんか」

「わしはあちこちに別荘がある。だから、いざとなればどこへでも逃げて行けるという安心感がある」

「しかし都会人には、その別荘もないのですからね。しかも現代の都会人の多くは、帰るべき故郷を持っていません。帰巣本能はあっても、つまり故郷をあこがれる気持はあっても、帰る家がないのです。都会にしがみついているより他、しかたがないではありませんか」

「今さらそんなことをいったってしかたがない」総理がわめいた。「賭《かけ》はなされたのだ。もう、あとにはひけない。だが、このままだとわしは退陣させられてしまう。くそ。何でもかでも政治のせいにする都民やマスコミの蛆虫《うじむし》めら。都会から出て行こうともしないでわしの政策やわしのことを糞味噌《くそみそ》にぬかしやがる。おとなしく都会から出て行けば、すべてはうまく運ぶのに。ようし。いくらわしの評判が悪くなってもそれは一時的のことだ。都市計画が実現すれば絶対にわしの名はあがり、後世にも残るのだ。おい、公害大臣」

「公害大臣ではありません。公害担当国務大臣です」

「そんなことはどうでもよい。さっきみたいな理屈を並べている暇があれば、公害を出している企業にもっと有毒ガスを出すよう、はっぱをかけなきゃいかんじゃないか。職務怠慢ではないか」

「はは、はいっ」

「もっともっと亜硫酸ガスを吐き出させるのだ。一酸化炭素や鉛をまき散らすのだ。完全に人間が住めぬ状態にしてしまい、ひとり残らず都会から追い出すのだ」

「ますます病人の数がふえます」と、厚生大臣がおろおろ声でいった。「病院はもう、どこもかも満員です」

「望むところだ」と、総理がいった。「病人がふえれば、みんな都会から出て行く気になるだろう」

「ところが困ったことに総理」公害大臣がいった。「どこから洩《も》れたか、都市再開発の計画があることを、都会の人間たちはすでに勘づいているのです。今逃げ出しては損だなどとマスコミが騒ぎ立てるものですから、みんなたとえ病気になってでも、少しでもあとから引越した方が得だと思って、けんめいに都会にしがみついているのです」

「ううむ。命より金が欲しいとは、なんたる欲の皮のつっぱった奴らだ。貧民め。乞食《こじき》根性の泥棒めら」総理は立ちあがって怒鳴りはじめた。「今さら補償金なんか出さんぞ。

出すもんか。出せば損をする。そうとも。今まで公害を出している企業を守るために使った金、マスコミの口封じに使った金、すべて無駄になってしまうんだからな。こうなりゃ根くらべだ。奴らがその気なのだから、かまうものか。都会の大気にもっともっと有毒ガスをまき散らせ。〇・九九ＰＰＭなんぞ、まだまだなまぬるい。大事業に犠牲者が出るのは当然のことだ。死者がふえたってかまわん。わしが許す。都会という都会すべてスモッグでまっ黒けにしてしまえ」

おれはまた気分が悪くなってきて、隙間から顔を遠ざけ、暗やみの中で頭をかかえこんだ。はげしい頭痛がした。

この頭痛は何によるものか、と、考えた。どうにもわけのわからぬ話ばかり聞かされたためだろうか。いや。それだけではない。まるでさかさまになって宙に浮いているような不快な気分である。いわば、自分の中の時間感覚がなくなってしまったような気分だ。

時間感覚。

そうだ。もしかするとこの空間は、時間の秩序が乱れた特殊な空間なのかもしれない。おれはそう思った。そう考えれば、外部の時間がやけに早く経過しているらしいことも呑《の》みこめるではないか。しかし、しかしそんな馬鹿げたことがあり得るだろうか。おれははげしくかぶりを振った。混乱していた。

おれの覗き見している世界だけが、その世界の時間だけが、おれに関係なく、すごいスピードで経過しているのだろうか。つまりおれは、ただ未来を覗《のぞ》き見しているだけなのだろうか。それとも。

ぞっとした。

それとも、おれもいっしょに、超スピードで時間を経過しつつあるのか。正常な時間の流れの上を、猛烈な勢いで飛び越えつつあるのだろうか。

何とかして納得できる解答を見つけようと、おれはふたたび反対側の二〇九号室をのぞきこんだ。時間が正常な速度で経過していないのならば、この部屋の中の人物も、すでにあの青年と娘ではなくなっている筈《はず》だ。

案の定だった。

顔こそ見えないものの、巨大な臀部《でんぶ》をベッドにでんとのせ、丸裸であぐらをかき、「あなた、早くいらっしゃいよ」と控えの間に呼びかけているのは、でぶでぶと肥った、色の黒い中年女である。

「ああ、今行くよ」

のべつ咳《せ》きこみながら、瘦《や》せ細った男が寝室に入ってきた。やはり、まる裸である。肋骨《ろっこつ》があらわに浮き出し、全身が煤《すす》を塗ったように黝《あおぐろ》く、顔は皺《しわ》だらけで、数十本の鼻毛が唇の上までのびている。

「うん、早くったらあ」女が男の腕をつかんで、ぐいと引き寄せた。

男はよろめいて、女の形をした肉塊の腹の部分にめり込み、苦しげにもがいた。「く、苦しい。息がつまる。助けてくれ。おい、お前、そんな、ら、乱暴なことをするな。おれは病気なんだぞ」

「ふん。何かっていえば病気を口実に逃げようとしてさ。だめですよ。いくら病気でも、亭主としてのお勤めだけは果してもらいますからね。そのためにこそ結婚記念日の今日、思い出のホテルにやってきたんじゃないの。さあ、あの時の元気をお出しなさいよ」

そういって、細い亭主のからだを折れそうになるほど強く抱きすくめたまま、ベッドにどさっと倒れたその女の顔を見て、おれはとびあがるほどおどろいた。濃い化粧をし、ぶくぶく肥ってはいるものの、それはたしかにさっき見たばかりの、あの純情な若い娘だったのである。なんという変りようだろうか。むろん、あの可憐《かれん》さなどはどこへかけしとんでしまっていて、今はもう色情狂に近い中年の娼婦《しょうふ》のようなからだつきをした大女であるに過ぎない。

それよりもおどろいたのは、あの我《わ》が儘《まま》な青年の変りようである。つまり、老人のような顔つき、からだつきをしたその男こそが、さっき見たあの青年なのだ。最初ひと眼見てすぐ思い出せなかったのも当然だった。あの時の傲慢《ごうまん》さなどは影も形もなくなっていて、ただやたらにおどおどしているだけの貧相な小男になってしまっているのである。背骨が曲ったためか、背まで低くなってしまっていた。

いったい、どれほどの年月があの若いスマートな二人をこうも変えてしまったのだろう。さっき、気儘な青年に好きなように弄《もてあそ》ばれている純情な娘を見た時から今までの間に、いったい何十年の時間が経過したのか。

「そんなに病気がつらいのなら、都会から逃げ出して、どこか空気のいい山の中か田舎に別荘を建てて、そこで住むことにしようじゃないの。前からも言っているように、あなたのからだのためなら、わたしはいつからだってそうしてもいいと思ってるんだよ」

細君は、ひいひい呻《うめ》き続けている亭主を胸の下に押さえこんだままで、そういった。

「馬鹿をいいなさい」と、虫の息の亭主がいった。「わたしは純粋の、洗練された都会人だ。未開の山の中や、野卑な田舎なんぞへ行くくらいなら、死んだ方がましだ。わたしにとって環境とは、自然ではないのだ。社会なのだ。文明社会なのだ。都会の文化なのだ。それこそが環境だ」

「いやねえ。こんな時になっても、まだ都会人ぶってさ。そりゃまあ、わたしの方はどっちだっていいんだよ。わたしはスモッグなんて平気なんだからね。むしろ最近みたいに、一・五PPM以上という汚染状態の続いてる時の方が、元気が出るくらいなんだもんね。でも、このホテルの中はさいわい〇・三五PPMなんだから、あんただって元気が出る筈《はず》だよ。さあ、わたしを興奮させておくれよ」細君はそういって、亭主を抱きしめたままごろりとベッドで寝がえりをうち、女下位の体位をとった。

「ま、ま、待ってくれ。待ってくれ。くそ。女って動物は、なんてまあ頑丈にできてるんだろう。こんなひどいスモッグをまるで何とも思わないんだからな。この鈍感さにはおそれいる」まだ細君から腕を首に巻きつけられたままの亭主は、なおも彼女の腹の上でじたばたしながらそういった。

「なにが鈍感なのよ」

細君がさらに腕の力を強めたらしい。亭主はげほげほと咳《せ》きこみながら、蚊の鳴くような声で助けてくれと呻いた。

「あまり大きなこと言わないでよ。そりゃ以前はあんただって、大会社の若社長だったかもしれないけど、今は放漫経営で会社が倒産してわたしのパパの厄介になってるんですからね。しかもパパの工場には、政府からの援助はあるし、いくら有毒ガスをまき散らしても今じゃもうみんなあきらめてしまってなんともいわないし、それどころか公害を出せば出すほど政府から表彰されるぐらいだし、やはり政府のお蔭《かげ》なんだろうけど、大胴製鋼や不二製鉄や西部工業や赤綿産業など、一流会社から次つぎと大きな注文はあるし、すごい景気なんですからね。あんたが今、こんな格式の高いホテルの貴賓室でのんびりときれいな空気を吸っていられるのも、パパのお蔭なのよ。つまりはわたしと結婚したお蔭なのよ。わたしは工場ばかりの下町で育ったから、いくら公害がひどくなったって平気なの。わたしみたいな丈夫な奥さんがあって、しあわせだと思いなさい」

「わ、わかってるよ」

「わかってるのなら、早くなんとか、なさいよ」

「どうにもならないよ」亭主は細君のからだの上でのたうちまわりながら、泣き声を出した。「どうにもならないんだ。おれだって、けんめいに何とかしようとしてるんだ。

だけど、どうにもならないんだ」

「うん。意気地なし」細君は怒って、巨大な腹部をぶるんとひと振りした。

亭主はひとたまりもなくベッドから振り落され、床の上にながくのびてしまった。

おれはまた、暗黒の狭い空間の中で腕組みし、考えこんだ。

時間の流れが早くなっていることは、もはや、まちがいのないところだ。どうやらおれがこちらの隙間から反対側の隙間へと眼を移す間に、時間の一足跳びが行なわれるらしい。なぜこの空間に、そんな効果があらわれたのだろう。柱をくり抜いて階段や密室を作るなどという非常識なことをやったため、この空間に位相的《トポロジイ》効果があらわれたのだろうか。そして、その空間の中にいるおれも、時間が一足跳びをするたびに何年かずつ歳をとっているだろうか。

おれは暗やみの中で自分の腕を振り、足を動かしてみた。骨も筋肉も、全然老化した様子はない。もとのままである。するとこの空間は、外部の時間だけがすごいスピードで経過するという、いわば一種の竜宮城であり、これは浦島効果なのだろうか。

わけのわからぬことを考え続けているうちに、また頭がぐらぐらしてきた。

その時、二〇八号の方で、また総理が怒鳴りはじめた。

よし、これきりで覗きはやめよう、と、そう決心して、おれはまた二〇八号室から洩《も》れてくる明りに眼を近づけた。

「いったい、どうしたことだ。今日の全都市の平均空気汚染度は八・五六ＰＰＭ。こんなに空気の汚れた場所に人間の住めるわけがない。しかるにだ、都会から出て行ったのは今までにたったの九パーセント、あとの九十一パーセントは依然として都会に残っている。こんなことが信じられるか。これでもか、これでもかと、いくら公害をまき散らしても、都会の蛆虫《うじむし》めら、汚い汚いとぶうぶう不平をいうばかりで、誰も立ち退こうとしない。これはいったい、どういうわけなのだ。え。厚生大臣。これはいったいどういうわけだ」

「まあ、まあ、落ちついてください」厚生大臣がおどおどして、怒鳴り続ける総理をなだめた。「わたしにだって、理解できないのです」

「くそ。眼が痛い」総理が涙をぽろぽろ落しながら眼を拭《ぬぐ》った。「このあいだ新しい眼球と取り替えた。そしたら空気の汚れがはっきり見えすぎて、今じゃノイローゼ《せ》だ」まった、わめいた。「それなのに、どうして誰も出て行かないのだ」げほげほと咳きこんだ。まっ黒の痰《たん》と唾《つば》があたりにとび散った。「公害大臣。公害トップ企業の連中を呼べ」

「かしこまりました」公害担当国務大臣は、からだを二つ折りにしてげほげほと咳きこみながらドアを細めにあけた。

ドアの隙間から、まっ黒な空気が渦巻いて室内に流れこんできた。

「早く入ってください」

四人の社長が入ってきた。三人は潜水服を着て背中に酸素ボンベを背負い、最後のひとりは粋がって宇宙服を着ている。

「眼ざわりだ」総理が怒って叫んだ。「そんなもの、脱いじまえ」

「しかし」と、社長のひとりがいった。「この部屋の汚染度はどれくらいでしょうか」

「〇・五五PPMだ」

「じゃあ、やっぱり脱ぐわけにはいきません」

「なにを」総理がいきり立った。「わしでさえここの空気を呼吸しているのに、お前ら脱がないというのか。総理のわしに向かって、そんな恰好《かっこう》のままで話をするというのか」総理は立ちあがり、わめきながら宇宙服のヘルメットを殴りつけた。

宇宙服の社長は潜水服の社長たちとぶつかり、四人は不様にごろごろと転がった。

「まあ、まあ、総理」厚生大臣が咽喉《のど》をぜいぜいいわせながら、総理を抱きとめた。

「あなたはスモッグの影響で興奮しているのです。彼らのことを怒っては可哀そうです。空気が〇・五五PPMも汚染されていれば、病気になるには充分ですからね。それより、われわれも宇宙服を着ようではありませんか。意地をはって病気になっては損です」

「よし。それならすぐ持ってこい」

「かしこまりました」厚生大臣は決死の覚悟でスモッグ渦巻く廊下へと、腰をかがめてとび出して行った。

「総理。われわれは頑張りました。身命を賭《と》して公害を起しました。ご覧ください。町はもはやまっ黒です。草一本、虫一匹おりません。有毒ガスのためにビルはぼろぼろと崩れて、硫酸の雨のため屋根瓦《やねがわら》は海綿の如く穴だらけ。潜水服、宇宙服なしでは、人間は生存できぬ有様です。おお、それなのに総理、誰も町を出て行こうとしない。誰も出て行かないのです。おい、おい、おーいおいおい」社長たちは泣きはじめた。「いったいこれは、どうしたことでしょうか。おーいおいおいおい。おーいおい」

彼らを頭ごなしに怒鳴りつけようとしていた総理は、先手を打たれてただぼんやりと佇《たたず》み、彼らの泣きわめくさまを眺めているだけである。

「やっぱり、この間出した、都心の土地は政府が買い上げてやるという公布がいけなかったのではないでしょうか、総理」と、公害大臣がいった。「譲歩したため、連中は尚さら欲を出し、もっと値が出ると思いはじめたに違いありません。だから都会にしがみつき、潜水服を着たままで生活を続けているのでしょう」

「病原菌をまけ」と、総理が静かにいった。もはや常人の眼をしてはいなかった。「警察と自衛隊は総動員で、ありったけの毒ガスをまけ。それからウイルスとリケッチャーと、つつがむし病の病原菌をまきちらすのだ。残るはBC兵器しかない」

「戦争ではありません」公害大臣がぶったまげて叫んだ。「そんなことをしたら、日本は全滅です」

「かまわん。国破れて山河なし。商売は道によって悪しだ」総理はやけくそで、泣きわめきはじめた。「馬を射んとするものはまず将を射よ。サルマタ三年柿八年」ついに頭へきたらしい。

その時、部屋の隅の換気口からまっ黒けのガスが猛烈な勢いで噴出しはじめた。たちまち部屋の中には、人の顔さえ見わけがつかないほどの汚れた空気が充満した。

「わあ。これはいったい、何ごとだ」

総理と公害大臣が、咳きこみながら苦しみはじめた。

「大変だよ大変だ」厚生大臣が、あわてふためいて部屋へとびこんできた。

「どうした。厚生大臣。宇宙服を持ってきたか」

「宇宙服は、ひとつも手に入りません」厚生大臣は手ぶらだった。「ホテルの換気装置が故障したのです。ホテルの中へ、戸外の汚染された空気がそのまま流れこんできているのです。ホテルに備えてある宇宙服はもちろん潜水服や酸素ボンベまで、ホテルの客や従業員の間で奪いあいになっています。ロビーは乱闘さわぎになっています」

「ううう……」総理は立ちすくんだ。

やがて、部屋の隅に並んで立っている完全装備の四人の社長に眼を向け、しばらく睨《にら》み続けた。

四人の社長が、そろって一歩あと退《じさ》った。

総理が、静かにいった。「それをよこせ」

四人の社長が、いっせいにかぶりを振り、さらにあと退った。

「それをよこせ」総理がわめいて、おどりかかった。「わしによこせ」

同時に公害大臣、厚生大臣も、社長たちにおどりかかり、ヘルメットや酸素ボンベを奪いにかかった。

「やめてください。これを取られては死んでしまいます」社長のひとりが泣き声で絶叫した。「ひ、人殺し」

「今まで儲《もう》けさせてやったのだ。危急の際はわれわれの為に命を擲《なげう》て」総理が叫びながら社長のひとりに武者ぶりつき、潜水服のジッパーに手をのばした。「おれたちには恩がある筈《はず》だぞ」

「そうですとも。はい」

「恩はおます。そやけど、命には換えられしまへん」

「つべこべぬかさず、よこせ」

乱闘は激しくなり、テーブルが倒れ、ヘルメットの透明プラスチックが叩《たた》き割られ、チューヴを引きちぎられた酸素ボンベはごろごろと床を転がった。宇宙服や潜水服は、ずたずたに引き裂かれてしまった。

「何しはりますねん。そない破ってしもうたら、もう誰も着られへんがな」

「かまうもんか」

「酸素をかえせ。く、苦しい」

「苦しけりゃ、早く脱げ」

「脱いだところで、これはもう、役には立たんずら。げほげほ。わしゃもう死ぬずら」

室内はさらに有毒ガスで暗くなり、もはやおれの眼には、立ちこめた濃灰色のスモッグの中で、入り乱れて殴りあう黒い人影がぼんやりと見えるだけになってしまった。だが、やがてその人影も見えなくなり、罵り声も聞こえなくなった。みんな、床にぶっ倒れて死んでしまったらしい。

肝をつぶしたままこの有様を眺め続けていたおれは、ここに至ってやっと顔を羽目板の隙間からひっぺがし、フロアのあげぶたをあげて狭い階段を駈《か》けおりた。これ以上、じっと覗《のぞ》き続けていることには耐えられない。顔色の変っているのが、自分でもよくわかった。

鍵《かぎ》をとり出し、扉の鍵穴にさしこみ、いそいで外へ出ようとし、おれはためらった。扉を開くなり、猛烈なスモッグに包まれるのではないだろうか。そう思い、恐ろしさに身がすくんだ。

しかし、いつまでためらっていてもしかたがないのだ。永久にこの狭い空間内に閉じこもっていることなど、できるわけがない。

意を決し、おそるおそる扉を押した。ぷんと鼻をつく黴《かび》くさい匂い。だが、有毒ガスの気配はない。

おれはホテルの事務所内に出た。そこは、壊れかかった机や椅子が乱雑に散らばっている埃《ほこり》だらけの廃墟《はいきょ》だった。人の出入りが完全になくなってから久しいらしい。

それでは、ついに人間たちは住みよい所と空気を求めて都会を捨てたのだろうか。そして廃墟と化した都会には、スモッグが完全に消え去るまで戻ってこないつもりなのだろうか。あるいは永遠に都会を見捨てたのか。

おれはホテルの広いロビーに出て、壁一面の大きな姿見に自分の全身を映して見た。どうやら、歳はとっていないようである。前のままのおれの姿だ。
ほっとひと安心——したのがいけなかったのだ。気を許したのがいけなかったのだ。やれ嬉《うれ》しやとばかりホテルの正面玄関のドアを開いたとたん、戸外に立ちこめていたスモッグの黒煙がもくもくと流れこんできておれのからだを包みこみ、あっという間におれは背が曲り、髭《ひげ》がのび、皺《しわ》ができ、腰が抜け、たちまち白髪のお爺《じい》さん。

ふたりの秘書

1

いつもと同じ時間におれは出社し、社長室に入った。さっそく秘書の藤川泰子が茶を持ってくる。

「社長。おはようございます」

「ああ。おはよう」

おれは都心の中クラスのビルに事務所を持つ『若松金融株式会社』の社長である。社長というからには少くとも中年以上の男性を想像されるかもしれないが、おれの場合はまだ二十九歳である。

藤川泰子は去年大学の秘書学科を卒業したばかりで二十三歳。色が白くて小さくて、前髪垂らした可愛い女性である。愛想がよくてどんな男にでも好かれる。このビル内の、よその会社の若いビジネスマンたちにも評判がいいようだ。

彼女から、朝かかってきたテレビ電話の報告を受け、今日の予定を教えられる。彼女は非常に礼儀正しい。社長と秘書の関係だから礼儀正しいのはあたり前だが、くだらぬサラリーマン小説ばかり読みあさった人間は、社長と秘書、と聞けばすぐよからぬ連想をするからいけない。

「社長が若くて独身。秘書は未婚の美人。隣りあわせの部屋にいて、何も起らない筈《はず》があるものか」

このビル内の、よその会社のビジネスマンたちが、やきもち半分にそんな噂もしているらしい。それは下司《げす》の勘ぐりである。よその社長はどうか知らないが、おれは女より金儲けやビジネスの世界の方が好きだ。自分の秘書に手を出したりするような独身の社長は、青年実業家として失格である。

藤川泰子が隣りの秘書室へ戻り、おれは社長室でひとり、仕事にとりかかった。あちこちへの問いあわせや返事を、正式の書類として手紙にする仕事である。

半年ほど前までは、こういう仕事は藤川泰子が手伝ってくれたのだが、得意先や仕事が急激にふえ、彼女がいそがしくなってきたので、おれは八千三百万円もするペット秘書を一台買った。それがチョロ子である。

ペット秘書という機械は、ひと昔前のタイプライター程度の大きさのもので、上部にアンテナ、下部に車がついていて、リモコンで移動する。内部にはテープ・レコーダーや、喋《しゃべ》るだけでタイプを打ってくれる音声タイプライター、メモリイ・バンク、ちょっとした計算機などがセットされている。前部にはツノのようにマイクが突き出ていて、その横にはシガレット・ケースとライターがついている。裏面は掃除機になっているから、彼女を動きまわらせていると部屋が綺麗《きれい》になる。ボディが女性的な曲線になっているため、おれは彼女のことをチョロ子ちゃんと呼んでいるのだ。

チョロ子にタイプを打たせている時、誰かがドアをノックした。

「お入り」

「お邪魔します」

入ってきたのは、おれのもうひとりの秘書である永田智子だった。

この永田智子は会社創設以来ずっとおれの秘書を勤めてきてくれた女性で、いわば藤川泰子の先輩である。年齢は二十七歳で未婚。痩《や》せぎすで色は小麦色、藤川泰子のように愛想がよくはないが、冷たい感じをあたえるというほどでもない。知性的な顔立ちで、事実頭もよく、コンピュータ技師の免状も持っている。

「やあ、君か。なんだい」

「はい。ちょっと、お話があって」

「じゃあ、そこへおかけ」おれは社長室の中央にある、来客用の肱掛椅子《ひじかけいす》をさした。

彼女と向かいあって腰をおろし、タバコに火をつけ、彼女が話し出すのを待ったが、永田智子はもじもじして、なかなか喋《しゃべ》ろうとしない。理知的な彼女が、こんなにためらいを見せるのは珍しいことである。

「話しにくいことらしいね」おれはそういって、微笑してみせた。微笑すると童顔になって、あどけない感じになることを、おれは自分でよく知っている。

永田智子は、少し安心したらしく、ゆっくりと喋り出した。「藤川さんのことなんですけど」

「ははあ。藤川泰子君がどうかしたかい」

「同じ部屋に、若い女がふたり、ずっと顔つきあわせていると、いろんなことがありますわ。もっとも、わたしはそれほど若くはないけど」

「何いってるんだ。君はまだ若いよ」

「まだ、二十七歳だとおっしゃりたかったんでしょう。年齢をはっきり口には出されない社長のお心づかいは嬉《うれ》しいけど、でも、女にしてみれば二十七歳はオールド・ミスです」

「君が、藤川君の若さを気にするような人とは思わないがね」

「気にさせられてしまうんです」

「どうしてだろう」

「あの人、表面的にはわたしを先輩として敬意をはらってくれます。わからないことがあってわたしに何か訊《たず》ねたり、わたしが間違いを教えてあげたりする時には、ていねいで、すなおで、まじめな態度をとります」

「当然だろうね。この会社のことに関しては君の方がなんでもよく知っているんだから」

「でも、その態度がていねい過ぎるんです。はい、よくわかりました、とか、あら、そうでしたわね、ほんとにおっしゃる通りですとか、彼女が例のお愛想笑いを浮かべて馬鹿ていねいにそういって一礼するたび、わたしは自分の年齢を思い知らされてしまうんです。『そりゃ、あなたは歳をとってらっしゃるんだから、よくご存じなのはあたり前ですわね』とか、『はい、もう間違いはいたしません、よくわかりましたわお婆ちゃま』そういってるように、わたしには聞こえるんです。わたしには、藤川さんのあの態度は、意図的なように思います」

「藤川君がそんな意地悪をする筈《はず》はないが」

おれがそういった時、永田智子の口もとがひき締った。

おれは、あわてて黙った。あまり藤川泰子を弁護すると、彼女はますます依怙地《いこじ》になるだろうと思ったからである。かといって、君の僻《ひが》みだろうなんてことは、なおさらいえない。

永田智子は、しばらく黙っていたが、やがてふたたび喋り出した。「わたし、こちらにお勤めして、五年になります」

「もう、そんなになるか」おれは嘆息した。「早いものだなあ。五年なんて」

「またたく間ですわね。特に青春時代の五年は」彼女もほっと溜息《ためいき》をついた。

ほんとは、おれはそうは思わなかったが、あい槌《づち》をうった。「まったくだ」

「最初、この会社には、社長とわたしのふたりきりでした」いやにセンチな口調で彼女はいった。こんな彼女を見るのは、はじめてである。

「そうだったねえ」

「最初わたしは、コンピュータ技師、兼、秘書として働いていました。でもあの頃は、会社もそれほどいそがしくなく、コンピュータ室にいるよりは、このお部屋で秘書として、社長のお手伝いしてる時間の方がずっと多くて、だからわたしは」

彼女はまた、ちょっと黙った。

「だから、なんだい」

「だから、とてもお仕事にやり甲斐《がい》があって、いいえ、今のお仕事が、やり甲斐のないお仕事だとはいいません。でも、とても楽しくて、孤独でなく……」

「わかるよ。コンピュータ相手の仕事は、疲れるだろうなあ」

「そのうちにお得意先がふえてきて、取引先の数も年ごとに倍、倍となり、わたしはとてもいそがしくなってきました。社長のお手伝いと、お客様の接待と、コンピュータ室の仕事と、一人三役も四役も勤めなければなりませんでした」

「あの頃は、君は過労気味だったな」

「社長もわたしを、いたわってくださいましたわね。だからわたしは、それほどつらくありませんでした。社長からやさしいことばをかけていただくと、いつも疲れがすっと抜けて行くような気がして。でも、いよいよわたしひとりでは追いつかなくなってきて、社長は去年、秘書をもうひとりお雇いになりました」

「そう。それが藤川君だ」

「はい。それが藤川泰子さんです。だけど藤川さんは、コンピュータの免状は持っていませんでしたから、当然わたしがコンピュータ係になり、彼女は社長のお手伝いや接客という、本来の秘書の役目を勤めるようになりました」

「別に、意図的に君たちを分業させてるわけじゃないよ」おれはあわててそういった。「秘書としての長は、あくまで君であり、藤川君は君の部下。そして君は藤川君の直属上司なんだ」

「いえ。階級はどうでもいいんです」永田智子は顔をあげ、いく分きっとした表情でおれを見た。「今、このビルの、他の会社の人たちは、わたしのことを、あれはコンピュータの秘書だ、と、そう言っています。それから藤川さんのことを、あれは社長秘書だと、そう言ってるんです。人の噂や言うことを、いちいち気にするな、なんておっしゃらないでくださいね。だってわたしは、女なんですから」

おれは絶句した。そこいら辺の女事務員がこんなことを言えば、「女であることを仕事に利用するな」と一喝してやるところだが、永田智子の場合は男も及ばぬ働きぶりなのだから、こっちは何も言えなくなる。

「最初、他の会社員がわたしを噂のタネにしたり、ちやほやしていたのに、最近は藤川さんにばかり注目していて、わたしを見ても知らん顔をすることを、とり立てて言うつもりはありません。また、そんなことで藤川さんを恨んでいるわけでもありません。藤川さんの態度にしても、若いのだからしかたがないと思っています。でも、『若いのだからしかたがない』などといって彼女を許そうとする自分の老《ふ》けこみかた、つまりわたし自身がいやでいやで、たまらなくなってきたんです」

遠まわしに辞めたいといっているのだ。おれははじめてそれに気がつき、少しうろたえた。彼女に今やめられては、会社がガタガタになる。なんとか説得しなくてはならなかった。

おれは立ちあがり、部屋の中をゆっくりと歩きまわりながら、考え考え喋《しゃべ》った。「君の悩みの原因は、ぼくの解釈では、君が常に、限られた数の人間、つまり、ぼくと藤川君のふたりだけを相手に勤めているからではないかと思うんだ」

「そうです。それにコンピュータです」

おれはうなずいた。「ごく少数の人間とコンピュータ。それだけだ。この会社は、それだけで構成されているといってもいい。もっと多勢の会社員を使っていれば、君にしても、接する相手が多いから、藤川君のことをさほど気にすることはなかったと思うが、どうだい」

「そうかもしれません」

「ぼくは、これ以上の数の人間を使いたくはない。君と藤川君、それにコンピュータ、そして、ここにいるこのチョロ子ちゃん、これだけで充分なんだ」

「どうしてでしょう」永田智子は、つくづく不思議そうにおれを眺めた。「この会社は、少くとも十人以上の人間がやる程度の、大きな額の取引き、多くの数の仕事をこなしていますし、それくらいの人間のお給料は、なんでもない筈《はず》です」

「そう、収益の一パーセントに満たないだろうね」おれは、にやりと笑った。

「それに、できるだけ多くの数の人間を使いたいというのは、男の人の夢ではないでしょうか。わたしには、そのあたりの社長のお気持が、よくわからないんです。たくさんの人を使えば、社長ももっと楽になるんじゃありませんの」

「楽にはならないだろうね」おれは、かぶりを振った。「君にはまだ、話していなかったかな。ぼくは学校を出てから三年間、ある大きな商事会社に勤めていたんだ。親の財産があったから、すぐにでも独立することができたんだが、会社というものを勉強するため一社員として就職したんだが」

「もちろん、そのことは存じています」おれが何を言おうとしているのかわからぬ様子で永田智子は、怪訝《けげん》そうにおれを見あげた。「以前うかがった時、それは大変いい勉強になったとおっしゃってましたわ」

「その通りだ。つまり、人に使われるということがどういうことか、ある程度わかったんだ。ひどい待遇だった。社員たちは、集まるたびに会社に対する不平不満を洩《も》らしていたが、労働組合は御用組合で会社に対して弱腰だったから、どうにもならなかった。ぼくは社員たちに、第二組合を作れと教えた。だが、誰も率先して作ろうという者はなかった。そこでぼくが、総評に電話して、第二組合を作るお膳《ぜん》立てをしておいてから会社を辞めた」

「まあ。社長が」

「そうだ。ぼくがやった」

おれたちは、しばらく黙った。

「そして独立した。だから、多勢の人間を使うということが厭《いや》でたまらなかった。今度は自分の会社に労働組合ができ、自分が大衆団交の場に立たされ、つるしあげをくう時のことを想像すると身の毛がよだった。そこで、社員はできるだけ小人数に押さえ、そのかわり高価なコンピュータを設置することにしたんだ」

「そのお考えは、正しいと思いますわ。とても未来的で」

「未来的かどうかは知らないが、とにかくそれによって、社員との摩擦、つまりはぼく自身のいちばん嫌いな、対人関係によって神経をすり減らすという事態は避けられた筈だった」

永田智子は、またもじもじした。「ごめんなさい。その対人関係のごたごたで、社長を困らせたりして」

「いつまでも、君ひとりだけに働いてもらうつもりだったんだよ。たとえ君が、その」

おれがいい淀《よど》むと、彼女は眼《め》を大きくしておれに訊《たず》ねた。「結婚しても、ですか」

「そうだ」おれは、大きくうなずいた。「なんとか説得して、できるだけ長く勤めてもらうつもりだった」

「知らなかったわ」彼女は、自分の細い指さきを見つめながら、つぶやくようにいった。「じゃ、わたしが早く結婚すればよかったのね。すみません」

「あやまらなきゃいけないのはぼくの方だ」おれは心からそういった。「君の、物ごとに打ち込む性質を見抜けず、婚期を遅らせてしまった」

「そんな」彼女は、かぶりを振った。「わたしの勝手ですわ。それにわたし、わがままなんです、今だって、わがままを言ってます。そんな自分に、わたし、自分で我慢ならないんです」

「君の労働を減らすつもりで藤川君に来てもらったことが、結局君にとって悪いことをしてしまったことになるわけだ」

「でも、会社にとっては、やはり藤川さんがきてくれたことがよかったと思います。お客さんとの応対だって、わたしみたいなぎすぎすした女より、愛想がよくて可愛い藤川さんの方がずっと。事実、お客さんの評判もいいし。あら、これは皮肉じゃありません。その通りですから」

「その意味では、ぼくは逆に、客の接待などは君には馬鹿ばかしくて、できないだろうと思ったんだ。だから藤川君に来てもらったんだ」

「そのご判断も、正しいと思いますわ。たしかに来客の接待には、わたしは向いていませんから。歳をとるにつれて、ますますそうなってきたんですわ。そんな自分が、厭なんです。何度も言うように、これはわたし自身の問題ですから」

「いや。ぼくの問題でもある」おれは窓ぎわに寄って、街の風景を見おろした。「君に辞めてもらうわけにはいかない。といって、藤川君にかわる人も、見つからないだろう。君の部下を捜す時、ぼくは若い男を避けた。君が使いにくいだろうと思ってね」

「その通りです」

「といって、君より歳上の人間は、男であろうが女であろうが、尚さら具合が悪い。そこで若い女性を選んだというわけだ。だから、藤川君に辞めてもらい、他の女性にきてもらうということは、これはつまり」

「そうです。無意味ですわね。藤川さんにかわるいい人はいないでしょう。だからこれはわたしの問題、わたしだけの問題です」

「もう一度いうが、だからといって君にやめてもらうわけにはいかない」彼女の方を振り返った。「給料を五割増やそう」

そういってから、しまった、と思った。彼女が身を固くしたからだ。どうやら彼女の心を傷つけてしまったらしい。

「お給料は、もう充分頂いております」改まった口調で永田智子はそういった。そして、立ちあがった。本気で、怒っていた。このままで部屋を出て行かせるわけにはいかない、と、おれは思った。

おれに背を向け、ドアの方へ歩き出した永田智子をあわてて追いながら、おれはいった。「永田君。待ちたまえ」

ドアの手前で立ちどまり、ふりかえった彼女の両肩を、おれは両手でがっしりとつかんだ。彼女は、眼を見ひらいた。

一瞬、息をのんだ彼女の、半開きにされた唇に、おれは自分の唇を押しつけた。

「む……む……」彼女がうめいた。

顔をはなした。彼女は茫然《ぼうぜん》としておれを眺め返し、やがて咽喉《のど》の奥で奇妙な声をあげた。

「あ……ああ……あああ、あああああああ」

その声は次第に高くなり、恍惚《こうこつ》とした表情が彼女の顔いっぱいにひろがった。そして最後に、永田智子は絶叫した。

「うわ、うわ、うわあっ」

彼女は口を大きく開き、おれに武者ぶりついてきた。そして熱い舌を、おれの口の中へ無理やりねじ込んできた。おれはうしろへ、大きくよろめいた。

「む……む……」こんどは、おれがうめいた。

永田智子はおれのからだを抱きすくめたまま、鼻息を荒くして接吻《せっぷん》を続け、からだ全体でなおもぐいぐいとおれを押しまくった。おれはよろめきながらあと退《ずさ》りを続けた末、ソファの肱《ひじ》掛けに足をとられて、永田智子と抱きあったままクッションの上へ仰向《あおむ》きに倒れた。

「ああ。社長。社長」

陶然と口を開き、うわごとのようにそうつぶやき続けながら、彼女は熱に浮かされているような表情でおれの顔を上から見おろし、両手の爪《つめ》でおれの頭髪を情熱的にひっかきまわした。

「君が、前から好きだったんだ」おれは、しかたなくそういった。

今となっては、そういうより他、しかたがなかった。

「社長……」永田智子は泣き顔になり、おろおろ声でいった。「うれしいわ。わ、わ、わたし、わたし」

また、おれの顔を唇で覆った。接吻の雨である。今度は、ソファの上で、両足をおれの足にからませてきた。

「社長。社長。社長。社長」

接吻し続けながら、片手で、自分からスカートをまくりあげ、ガーター・ベルトをはずした。

こうなれば、もう成り行きにまかせるしかない。おれも片手でズボンのベルトをはずし、チャックを開いた。永田智子の手があわただしく動いて、おれのズボンをずりおろした。

2

一か月後のある日。

その日は仕事が思った以上うまくはかどって、月間の平均収益の倍以上をあげることのできる見通しがついたため、おれは上機嫌だった。

あれ以来、永田智子の機嫌もなおり、前以上によく働いてくれている。時によっては、社長が秘書に手を出して、会社の運営上いい効果があがる場合もあることをおれは知った。いい勉強をしたものである。その上、いいこともできた。だから、こんないいことはない。

その後、いそがしさにまぎれて、永田智子とは一度も交渉を持たないが、彼女の方ではおれに好かれていると信じきっているから、もう藤川泰子の若さに嫉妬《しっと》するようなことはない。考えてみれば、彼女はふつうの若いビジネスマンなどを恋愛の対象に選んだりするタイプではないのだから、やはり相手は、おれでなければならなかったのだろう。うぬぼれではない。どう考えてもそうなのだ。

帰る支度をしていると、机の上のインターフォンのブザーが鳴った。

「何だい」と、おれは訊《き》いた。

「あの、わたしですが」藤川泰子の声だ。

「そんなことは、わかってる。来客かね」

「いえ、あの、わたしがあの、ちょっとお話ししたいのです。あの、社長に」

「ああ、そうか。じゃこっちへ来たまえ」

やがてドアが開き、隣の秘書室から、藤川泰子が入ってきた。眼を床に落し、白魚のような指さきを前で組みあわせ、もじもじしている。

「まあ、そこに掛けたまえ」おれは応接セットをさし、彼女と向かいあって腰をおろした。「話ってのは、なんだい」

「あの」彼女は少しいい淀《よど》んだ。「社長に、こんなお話するのは、いけないんでしょうけど」

「いけないってことはないさ。どんな話でもしたまえ」おれは微笑して見せた。

彼女は肩の力を抜き、少し身をくねらせながら、まん丸い眼でおれの顔色をうかがうようにした。

「お訊《き》きしたいことがあるんです。でも」また、身をくねらせた。「こんなことをお訊きすれば、社長、きっとお怒りになりますわ」

「じゃあ、怒らないと誓うよ」苦笑しながらおれは、片手をあげて誓ってみせた。

少し安心して、藤川泰子は喋《しゃべ》り出した。「あの、実は永田智子さんのことですが」

おれは、ぎょっとした。「永田君が、どうかしたのかね」

藤川泰子は、小さく溜息《ためいき》をついた。「お聞きづらいことと思うんですが、でも、毎日顔を合わせる人のことですから、はっきりしておきたいと思って」

「そりゃあ、そうだ」おれは身をのり出した。「ふたりの女性が、毎日ひとつの部屋で顔を合わせてりゃ、いろんなことがある筈《はず》だ。当然のことだよ。先のことを考えて、何でもはっきりさせておきたいというのは、現代的な君にふさわしい考えかただ。言いたまえ。永田君の、どういったところをはっきりさせておきたいんだね」

「あのかた、あのう、最近、最近といっても一か月ほど前からですが、わたしに対して、すごく親切なんです」

「親切だって。それ以前は、じゃ、親切ではなかったというのかね」

「いいえ。それは以前も親切でしたわ。親切に、わたしに何でも教えてくださいました。でも最近は、もっと親切なんです」

「ふうん。でも、不親切であるよりはいいだろう」

「もちろんそうです。でも、親切すぎると気になります。最近の親切さは、特に、なぜかわたしを憐《あわ》れんで、親切にしてくださっているように感じるんです」

おれは女の敏感さに驚嘆する思いだったが、その感情を押し隠し、とぼけてみせた。

「なぜ彼女が、君を憐れむんだい。さっぱりわけがわからんよ。それとも君、何か、彼女から憐れみを受けるおぼえがあるのかい。そんなもの、ないんだろう」

急に、藤川泰子は話題を変えて、ぎごちなく、わざと明るい声を出した。「永田さんが最近、すごく美しくなられた、と、そう思われたことはありませんか。社長」

「そうだろうか」おれは本気で考えこんだ。

だが、おれの観察力が不足しているためか、特に最近、彼女がそれほど美しくなったとは思えなかった。しかし部下の藤川泰子から、注意力が散漫だと思われては困るので、おれはうなずいた。「うん。そういえば、少し色っぽくなったようだな。恋人でも、できたのかな」そういって、おれは笑った。だが、うまく笑えず、咳《せ》きこんでしまった。

そんなおれを藤川泰子が、冷静な眼でじっと眺めた。

「社長」

「ん」

びくっ、として、おれは顔をあげた。うしろめたさが表情に出ているだろうとは思ったが、どうすることもできない。

藤川泰子は、決心したように自分でうなずき、現代娘らしく、単刀直入に訊《たず》ねた。

「社長と永田さんとは、恋人同士なんでしょうか。このビルの、ほかの会社の男の人たちも、最近永田さんが女らしくなったことを話題にして、きっと社長との間に何かあったんだろうと噂してますわ」

「他人のしている噂なんか気にする人じゃなかった筈だがね。君は」

「噂にもよりますわ」

「で、君はその噂をどう思うんだね。ほんとだと思うのかね」

「社長や永田さんの態度を見ていると、噂を信じたくなりますわ。だから社長に、その噂がほんとうかどうか、確かめようと思ってお訊きしてるんです」

おれは、大袈裟《おおげさ》に苦笑して見せた。「その噂が、本当だろうが嘘だろうが、どっちでもいいことじゃないのかい。それともそれが、君に関係があるのかい」

「あるんです」彼女は真剣な表情でうなずいた。「もしそれがほんとなら、永田さんのわたしに対する優越感から発した憐れみの気持が理解できます。わたしはそれに、我慢できません。むろん、永田さんは頭のいいかたですから、大っぴらにそんな態度を見せようとしていらっしゃるんじゃなく、無意識的にことばや表情の端ばしに出してしまわれるんでしょうけど、だからこそわたしは、女として我慢できないんです」

「さっぱりわからないね」藤川泰子の気持が理解できないではなかったが、おれはわざと額を押さえてうめいてみせた。「聞けば聞くほど混乱する。永田君とぼくが仮に恋人同士であるにしても、なぜ永田君が君に対して優越感を抱くのかねえ」

「それくらいは、わかっていただけると思っていましたけど。社長」彼女はおれを、恨みっぽい眼で眺めた。「そりゃ、もしこの会社に多くの従業員がいて、社長がその中から永田さんを恋人として選ばれたのであれば、彼女もわたしに対して、あんな風に、やさしさとか、親切さとか、女らしさを誇ることはなかったでしょうし、わたしがこれほどショックを受けることもなかったでしょう。でも実際には、この会社にはわたしと永田さん、ふたりの女性の従業員がいるだけなんです。簡単な算術ですわ。社長がそのうちのひとりを恋人に選ばれたとすれば、残りはひとりですわ。そして、社長の恋人であることによって、皆からの注目を浴びるのは永田さんであり、笑いものになるのは、わたしです」

おれは立ちあがり、室内をいらいらと歩きまわった。「誰も、君を笑ってなんかいないだろう」

「笑われているに違いないと感じる方が、実際に笑われるより、つらいことだってありますもの」彼女はそういって、膝《ひざ》がしらに、指でのの字をかきはじめた。「それに、わたしは女です。ふたりの女がいれば、男性は必ず比較するってことも知ってます。女の競争意識は、男性が発達させたんですわ」

彼女はおれを愛しているのではなかった。いや、愛していたとしても、それは今の彼女にはどうでもいいことだったのだろう。

問題は、彼女の誇りだった。彼女の女としてのプライドがはっきり傷ついた時、彼女はこの会社を辞めると言い出すに決っていた。しかしこの会社にとって、永田智子と同様、藤川泰子に今辞められることは大変な損害となる。なんとしてでも食いとめなければならなかった。

「はっきり、言っておく」おれはゆっくりと藤川泰子に近づきながらいった。「ぼくと永田智子との間には、どんな関係もない。今までにもなかったし、これからも、おそらくないだろう」

「信じられないわ」藤川泰子は眼を伏せた。「また、わたしがそれを信じたとしても、このビルの、他の会社の若いビジネスマンたちが信じないでしょうし」

「信じさせてやるさ」おれは彼女の前に立ちどまって、そういった。

「でも、どうやって」彼女は、おれを見あげた。「わたしでさえ、まだ信じてないのに」

「これでも、信じないか」

おれは、藤川泰子に接吻《せっぷん》した。

「む……む……」彼女は不意をつかれて、少し身じろぎし、うめいたが、すぐおとなしくなり、抱きかえしてきた。

唇をはなすと、彼女はうっとりとした表情で満足の吐息を洩《も》らし、さらに強くおれを抱きすくめた。

「前から、好き、だったんですか、わたしのことを。社長」

「そうだよ。そうだとも」しかたなく、おれはそう答えた。

「ああ……」彼女はまた、満足そうに溜息《ためいき》をついた。

ふたたび唇をあわせておれたちはソファに横たわり、重なりあった。

3

さらに、一か月後のある日の午後。

突然、秘書室で、藤川泰子の、男と言い争う声が聞こえ、すぐ社長室のドアが開いて、このビルの中にある「平和電器産業」の社長、庄司五郎がとびこんできた。

すぐあとから藤川泰子も、庄司を非難しながら入ってきた。「困ります、庄司さん、社長は今、お仕事中なのに……」それからおれにあやまった。「すみません。無理やり入ってこられたんです」

「頼む、社長」と、庄司がおれにいった。「かくまってくれ」

「かくまうだって」おれはびっくりした。「いったい誰に追われてるんだ」

「社員だ」庄司が、息をはずませながらそう答えた。「社員がおれを捜しまわっている」

「よし」おれは手紙を口述させていたチョロ子の電源スイッチを切り、藤川泰子にうなずきかけた。「君は秘書室へ戻れ。そのドアをロックしておけ。そして永田君とふたりで秘書室にいろ。ここへは誰も入れちゃいかんぞ」

「わかりました」

彼女は出ていった。

「まあ、そこへおかけなさい」と、おれは庄司にいった。「いったい、どうしたっていうんです」

「すまん」中年肥《ぶと》りの庄司社長は、額の汗を拭《ぬぐ》いながらソファにぐったりと腰をおろしていった。「まったく、こんな馬鹿なことになろうとは思わなかった。自分の会社の社員から、泥棒といって追いまわされることになろうとはな」

「やっぱりね」おれは、うなずいた。

「やっぱりだって。するとあんたは、わしがこんな状態に追いつめられることを、前から予想していたとでもいうのかね」庄司は眼を丸くしておれを眺めた。

「ええ。そうですよ、庄司さん」おれは立ちあがり、庄司の向かい側のソファに移りながらいった。

「ぼくがこのビルに事務所を構えてから、五年以上になります。その間、このビルの中にあるたくさんの会社の浮き沈みを見てきました。あなたの会社がこのビルの一室に設立されてから、たしかまだ一年半しか経っていませんね。だから、あなたは小さな会社の発展と衰退のパターンを、ぼくほど実際に眼で見てきてはいられない筈《はず》です。いやあ、どの会社も似たようなものでしたよ」

「わが社も同じだというんですか」庄司は急にていねいな口調になってそう訊《たず》ねた。

「そうです」おれは、ゆっくりと喋《しゃべ》り出した。「最初、たいていの会社は二人から四、五人で出発します。友達同士ではじめて、ひとりが社長、片方が専務か常務という形がいちばん多いようですな。そのうちに、だんだん仕事が軌道にのってくる。人の出入りがはげしくなったり、サンプル商品が廊下に置かれていたりするようになるから、これはすぐにわかります。そして事務員が、ひとり、ふたりと増えて行く。ははあ、だいぶいそがしくなってきたなと思いながら毎日様子を見ているうち、必ずといっていいほど労働組合ができる。あるいは社員が叛乱《はんらん》を起す。そしてその首謀者は、たいてい社長の友人である常務か専務なのです。つまりその男が社員を煽動《せんどう》し、叛旗をひるがえさせる。そして社長を追い出してしまい、自分が社長におさまるのです。追い出された社長に忠誠を誓って辞表を出す社員もいます。で、社長はその社員と一緒に、また会社を作る。同じビル内に、あてつけがましく作る社長もいます」

「ああ、わかった。三階にある『弘亜商事』と『弘亜物産』のことでしょう」

「いや。あれは少しパターンが違っていました。もっとも、社長が常務に追い出され、同じビル内の同じ階に会社を作ったというところまでは同じです。そこからあとが違う。つまり、ある日突然、両方の会社の社員が、がらりと入れかわってしまったのです」

「どういうことですか」

「追い出された社長の方は、自分の腹心の部下を、偵察のためもとの会社に残しておき、社長を追い出した常務の方は、自分の手下に社長の動静を探らせるため、社長について行かせた。それがある日、いっせいにもと通りになったというわけです」

庄司は嘆息した。「あなたはいい。あなたはそうやって、よその会社のドタバタ騒ぎを面白がって傍観していることができる。だがわたしの方は大変だ。わたしについてくる部下など、ひとりもいません」頭をかかえこんだ。「仕事が順調にのびてきたので、社員をふやした。結構、給料もはずんだ。つい一か月前まで、わたしは社員から感謝されていると思っていた。ところがどうです。今じゃけだもの扱いです。人非人扱いです。労働組合ができ、団交の結果、経営権まで奪われてしまった。書類にさえ、勝手に手を触れることができないんです。だが、この書類だけはどうしても必要だった」彼は片手に持っているクラフトの封筒を見せた。「特許許可の書類です。この特許は、すべてわたしがとったものだ。ところがこれをロッカーから出すなり、泥棒泥棒といってわたしを追ってきた。わたしは、このビル中を逃げまわった。まるで猟師に追われる獲物みたいにね」溜息《ためいき》をついた。「こんなひどい話がありますか」

「お察しします」

「社員をふやさなければよかったんです。あなたの会社のようにね。あなたが羨《うらや》ましい。コンピュータを置けばよかったんだが、わが社の場合はここのように金融会社じゃないから、どうしても人間の手が必要だったんです。しかたがなかった。もう社長はこりごりだ」

「社長になるのを厭《いや》がる人がふえていますな」おれはうなずいた。「一般に、そういう傾向になっているようです。資本金の大きな会社でも、社員はできるだけ雇わず、下請にまかせている。あなたは、どうしてそうしなかったんです。営業、経理、宣伝、それぞれ専門にやってくれる会社がたくさんあるのに」

「多くの社員を雇うことが、社会事業としてはいちばん正当で、有益なことであると考えていたからです。社員から憎まれ、恨まれるなんて、夢にも思っていなかった。ほんとです」涙が庄司の頰をつたった。

「社員というものは、経営者に感謝するなんてことは絶対にしませんよ」おれは冷たく言いはなった。

「まったく、あなたが羨ましい。美人の秘書ふたりとコンピュータだけでは、労働組合のできる心配はありませんからな」

おれは面映《おもは》ゆく、鼻の頭を掻《か》いた。こっちにはこっちの悩みがあるのだが、そんなことは話せない。

庄司はいった。「社員全員が経営者になって、社長はいないという時代になってきたのかもしれません。あるいは、ビジネスマンひとりひとりが、社長であるという時代にね。あなたのやりかたなどは、じつに未来的だ。若いだけあって、やることが未来的だ」

「そうでしょうか」おれはそういってから、ひとりごとのようにつぶやいた。「そうは思えなくなってきたんだが」

だがそれは、庄司には聞こえなかったらしい。

彼は腕時計を見てから、顔をあげた。「さてと、いつまでもお仕事の邪魔をしているわけにはいかないが」

おれは机上のインターフォンで秘書室を呼んだ。

永田智子が出た。「はい」

「ああ。永田君か。コンピュータ室の横に非常階段があったな」

「はい」

「庄司さんを案内して、ビルから脱出させてあげてくれ」

「はい。ちょうどわたしも、帰るところですから、ご一緒しますわ」

「ああ。もう退勤時間になっていたのか。じゃ、頼むよ。それから、こっちへ藤川君に来てもらってくれ」

「はい」

庄司五郎が部屋を出て行き、入れ違いに藤川泰子が入ってきた。「何か」

「永田君は、なぜ帰ったんだ」

藤川泰子は、馬鹿ていねいに答えた。「退勤時間でございますから」

「しかし、パンジー・プロに融資した分の計算があっただろ。彼女はいつも、退勤時刻になろうがなるまいが、仕事を全部終えてから退社することにしていた筈だ」

「はい。でも、おなかの赤ちゃんのため、仕事はなるべく控え目になさっています」

おれはうめいた。

喧嘩《けんか》しているかと思うと、徒党を組んで男に楯《たて》つく。どうも女は御《ぎょ》し難い。

おれはおそるおそる、彼女に訊ねた。「ところで、あの、藤川君」

「はい。なんでございましょうか。社長」

「そのう、君までが、あの、まさか、妊娠しているってことはないだろうねえ」

「さあ」藤川泰子は思わせぶりに微笑してから、あいかわらずの口調でいった。「まだ、わかりませんわ。あと一か月ほど経ちませんとねえ。ほほほほ」

彼女が秘書室へ去ったあと、おれは自分の肱掛《ひじかけ》椅子に腰をおろし、デスクの上のチョロ子ちゃんをなでながらひとりごちた。「腹のでかい二人の秘書にはさまれた社長なんて、まったく、サマにならないねえ。これじゃ、まだ、労働組合の方が無難だったかな。それともチョロ子ちゃん、最初から君だけにしといた方がよかったかねえ」

テレビ譫妄症《せんもうしょう》

「あ……」

なに気なく立ちあがろうとして、達三はよろめき、両手を畳についた。

下半身の感覚が、まったくない。

「しびれたかな」

落ちつこうとして、彼はそうつぶやいた。

今までにも、夢中になってテレビを見ているうちに足がしびれ、それに気がつかず立ちあがってひっくり返ったことがある。

だが今日のしびれかたは、いつもとはだいぶ違っていた。足だけではなく、腰から下の感覚が、まったくないのだ。

そこで、達三は考えた。

その状態のままで立ちあがったらひっくり返るということ、これは明白である。

達三は、畳についた両手の十本の指さき、そのすべてに力をこめて、全身のバランスを保ちながら、とりあえずもとの姿勢に戻った。つまり、すわりなおしたわけである。

もしそれが単なるしびれであるなら、すぐ感覚が戻ってくるであろうと判断したのだ。

正面の、一四インチ・カラー・テレビのスクリーンの中では、昼のワイド・ショーが終り、ケチャップのCMに続いて身の上相談が始まっている。その次はたしか、よろめきドラマの筈《はず》であった。

午後二時という時間にテレビを見ているのは女子供だけだから、どうせたいした番組はやらない。しかし達三はテレビ評論家だから、どんなにつまらない番組でもひと通りは見ておかなければならないのである。

それでも見ているうちにはつい夢中になって、批判力も失い、われを忘れていることがある。知らぬまに足がしびれているのはそういう時である。

しかし今日は違った。下半身のしびれは、なかなかなおらなかった。いや。もはやそれはしびれではなかった。五分たち、十分たっても、いっこうに感覚が戻ってこないことから判断すれば、それは今や完全なる麻痺《まひ》であった。

「たいへんだ。おれの下半身は麻痺した」

顔だけはテレビに向けたまま、達三はまた、茫然《ぼうぜん》とそうつぶやいてみた。今のところ、声はまともに出るようである。しかし、腰から下の麻痺というのは、どう考えてみても異常な事態であるとしか思えなかった。ためしに指で尻《しり》をつねってみたが、痛みはおろか、まるで他人の尻をつねっているみたいに、何も感じない。

まだ、中気になる年齢ではない、と、達三は思った。だいいち脳卒中の発作も起したことはないし、脳軟化症の気配もない。では、神経性麻痺とでもいうべき、もっと神経《ニューロ》症的《チック》なものであろうか。しかし達三は自分のことを、神経症などとはおよそ縁のない性格であると思っていた。

原因がわからないために、かえって達三はうろたえた。

「そりゃあ、男ってのはみんな、多かれ少なかれわがままですよ。むしろ、わがままでない男なんて、いないでしょう」テレビの中では身の上相談役の女流作家が喋《しゃべ》っていた。「そのわがままを利用して、ご主人をうまく操縦するのが賢い奥様です。あなたの場合は、あなたご自身も相当わがままなものだから、よけいご主人のわがままが気にさわるんじゃないでしょうか」

「おうい。誰か来てくれ」と、達三は大声で叫んだ。

だが、誰も来なかった。

家の中は静かだった。来ない筈であった。

達三の書斎には、ほぼ完璧《かんぺき》な防音設備が施されていて、壁が吸音テックスなら天井はサーモ・コンクリート、ドアの隙間にまで合成ゴムが詰まっている。

これはテレビ評論家である達三が、いたずらざかりの子供たちや妻から邪魔されず、ひとり静かにテレビを見なければならぬ関係上こういう防音室を作ったのであって、子供の泣き叫ぶ声を締め出した以上は室内の大声も外へは洩《も》れないという、考えてみればこれはあたり前の話であった。

テレビは身の上相談を終えて、ふたたびケチャップのCMを流しはじめた。「あらあら坊や。そんなにかけちゃだめよ」

達三はもう一度、大声をはりあげた。「こら。助けてくれ」

事態が悪い方向へ向かっている時には、だいたいにおいていやな予感というものがある。叫びながら達三は、おそらく誰も来ないだろうと思ったのだが、思った通り誰も来なかった。誰かが来るまで待つよりしかたがない。そう思い、達三は大声を出すのをやめた。

閉ざされた身の人妻の
うなじかすめた夜の風
ああ待ち続けても来ぬ人よ
時の流れのやるせなさ

よろめきドラマが始まった。

達三はぼんやりと画面を眺めた。からだの自由がきかないのでは、テレビを見続けるより他にすることはない。スクリーンでは、姑に外出の自由を奪われた人妻が、浮気の相手恋しさに身もだえていた。

達三は、妻が毎日この連続ドラマを見ていたことを思い出した。テレビは茶の間にもう一台ある。この時間、達三の妻は茶の間でこのドラマを見ている筈であった。ただでさえ聞こえにくいのに、テレビを見ているのでは、尚さら達三の声が妻にとどく筈はなかった。

さいわい上半身だけはもとのままなので、達三は腕をのばして座布団の前に置いたタバコをとり、ゆっくりと火をつけた。

もしかすると、テレビの見過ぎでこんなことになったのかもしれない、ふと、達三はそう思った。だが、一日中机に向かっている他の著述業者に比べて、自分の足腰だけが特に弱っているとも思えなかった。彼は学生時代、短距離の選手だった。

タバコを一本喫《す》い終った時、人妻のところへ浮気の相手から電話がかかってきた。買いものに出かけるふりをして、いそいそと浮気に出かける人妻を眺めながら、達三は、そろそろ週刊誌の編集者から原稿を催促する電話がかかってくる頃だと思った。

電話は机の上にあり、その座机は頑丈なスチール・サッシュのガラス窓に向かっている。テレビは窓と対応する側の壁にくっつけて置かれている。電話とテレビはそれぞれ部屋の対角線のほぼ両端にあり、達三はその対角線上、テレビに近いところにすわっている。書斎の広さは八畳である。だから電話が鳴っても達三は受話器をとることができない。電話はいつまでも鳴っている。いつまでも鳴っている電話に不審を感じ、妻が様子を見にやってくる筈である、と達三は予想した。同時に、予想通りにはならないという予感もした。

人妻が浮気の相手と逢《あ》いびきしているレストランへ、だしぬけに彼女の夫が入ってきたところで「潮曇り」第三十九回が終った。まだ、電話はかかってこなかった。

こういう時に限って、電話がかかってこない。達三は自分をとりまく世界のタイミングの悪さを呪いながらそう思った。何という、いやらしい世界だろう。

このまま、いつまでも電話はかかってこない。そして、妻も子供たちも、いつまでもやって来ない。自分はいつまでも、この部屋に閉じこめられたままである。そして下半身の麻痺は次第に上半身へひろがってきて、それはついに脳にまで及び、自分はひとり淋しく死んでいくのだ。タイミングの悪い、いやらしい世界を描いたカフカ的な話というものは、だいたいそういう結末になっている。きっと、そうなるのだ。人妻が浮気の現場を必ず夫に目撃されるのと同様、半身不随で部屋に閉じこめられた男は、最後まで誰からも助けてはもらえない。助けられてはならないのである。そうあらねば、首尾が一貫しないのである。そうなのである。

ドラマの類型的筋書きの過剰蓄積から、達三は勝手にそう決めこんでしまい、自ら精神をうす暗いところに追いつめて、ぞっとしてふるえあがった。さあ、えらいことになった。さあ大変だ。さあ、どうしよう。

その時、電話が鳴った。

ほっとしながら、また達三は思った。そうだ。ここが世界のいやらしいところなのだ。絶対に、主人公の思うようには話は発展せず、主人公の予想は必ず裏切られるのだ。それは即ち、視聴者の予想を裏切ることでもあり、それによって視聴者は一喜一憂する。そとすると、ドラマを書くなんてことは、実に簡単なものだ。コマ切れ連続ドラマで視聴率をあげるなんてことは、簡単にできることだったのだ。よし、次の原稿のテーマが決ったぞ。にやり笑って達三はうなずき、いや、それどころではない、おれは今麻痺してるんだと思い返して、また少しうろたえた。

さらに達三は、電話のベルが、もう十回以上鳴り続けているのに、誰もやってこないことに気がつき、大きくうろたえた。

しまった。安心するのが早過ぎた。主人公の予想が必ず裏切られるものであるとすれば、電話が鳴ったにもかかわらず、これは即ち誰も来ないのである。いったん喜ばせておけば、そのあとにくる失望と落胆はより大きいわけだから、ここのところは当然、電話のベルを聞きつけてやってくる者はいないのだ。そういう筋書きなのだ。そうなのだ。勝手にそう決めこんでしまい、達三はがっかりしてしょげ返った。

テレビの中では、またケチャップのCMをやっていた。「あらあら坊や、そんなにかけちゃだめよ」

今日はよくこのCMが出てくるな。少しいらいらしながら、達三は思った。フィルムだからいらいらするのだ。ナマでやれば、いくら同じ演技をしても必ずどこかは違うから、視聴者もいらいらせずに見ることができるだろうに。

電話は十数回で鳴りやんだ。ほうら、やっぱり誰もこなかった。見ろ。そういうことになっているのだ。達三は舌打ちした。きっと妻は買い物に出かけているのであろう、と、達三は想像した。ちょうど妻が、夕食のための買い物に出かける時間であることを思い出したのである。

その時、書斎のドアが開いて妻が顔を出した。「どうしたの。どうして電話に出なかったの」

「麻痺《まひ》しちゃったよう」予想を裏切られて嬉《うれ》しさのあまり、達三は泣き顔を作って甘えた声をはりあげた。「下半身が、麻痺しちゃったよう」

「またまたまたあ」と、妻は笑いながら達三に応じた。「ひとを驚かすう」どん、と達三の背中を叩《たた》いた。

達三は前へのめって、クリスタル・ガラスの灰皿へ顔をつっこんだ。

「ははあ。テレビ癲癇《てんかん》の一種ですな」

事情を訊《き》き終り、神経外科の医者はそういった。

「癲癇」達三は愕然《がくぜん》とした。「わたしが癲癇だとおっしゃるのですか。そのテレビ癲癇というのは、ふつうの癲癇とどう違うのです」

「ふつうの癲癇は、意識を失ってぶっ倒れて手足をばたばたさせたり、痙攣《けいれん》したり、口から泡を吹きます」

「それは知っています」

「ところがテレビ癲癇の方は、ふつうの癲癇と同じ症状の発作を起すものから、あなたのように麻痺症状の発作を起すものまで、さまざまです。非常にバラエティに富んでいます」

「何が原因で、そんなことになるのです。やはり、テレビの見過ぎですか」

「あなたの場合は、あきらかにそうですね。ふつう、テレビ癲癇というのは、テレビのブラウン管の、あのちらちらする光を見ているうちに発作を起すわけです。光原性癲癇の一種ですね。アメリカでは一九五二年に、すでにこの患者が出ています。一九六〇年以降、急に患者がふえはじめ、同時に日本でも出はじめました。最近は特に多いようです」

「それはやはり、脳が悪いからですか」

「そうです。もともと脳に癲癇性の異常のある人が、ブラウン管の光のために発作を誘発されるのです」

「まあ」傍らに腰かけて、夫の肩を支えていた妻が、眼を丸くして、気味悪そうに達三から身を遠ざけた。「あなた、もとから脳に異常があったのね。なぜ、わたしに黙っていたの」

「馬鹿をいいなさい。先生の前で、亭主になんて口のききかたをする」達三は妻を睨《にら》みつけてから、自分と同年輩の医者に、ややいきごんで訊《たず》ねた。「わたしは今まで、癲癇の発作を起したこともありませんし、これまでずっと脳に異常があるという自覚もなかったのですが、それまでなんともなかった人間が、急に癲癇の発作を起すなんてことが、あり得ましょうか」

「あり得ます」と、医者は答えた。「自分は脳に異常がないと思いこんでいる人が、だしぬけに発作を起す。これはよくあることで、世の中というのは、なかなか本人の思い通りにはゆかぬものです」

「その点は同感です」達三は不本意ながらうなずいた。

「しかしあなたの場合、もとからあった脳の異常は、ふつうの人でも持っている程度のものだったに違いありません。何度もいうようですが、主な原因はやはり、テレビの見過ぎです。きっとそうです。いや、絶対にそうでしょう。そうです。あの、ところで、テレビ評論のお仕事を始められてから、もう何年くらいになりますか」

「おっつけ十年になります。むろんそれ以前も、テレビは見ていましたが、その頃は一日にせいぜい二、三時間くらいのものだったと思います」

「ふうん」艶歌《えんか》を歌っている男性タレントに顔がよく似た医者は、ちょっと感心したように達三を凝視した。「では、もともとテレビが好きだったわけだ」

「活字人間としては、テレビが好きな方でしたね。だって最近の餓鬼どもは一日三、四時間くらい見ているそうですから。奴《やっこ》さんたちは、完全なテレビ人間です。ところがこの、テレビ批評という仕事は、テレビ人間であると同時に、活字人間でもあらねばならぬという、正反対の能力を持つことが要求される、むずかしい仕事です。当然のことながら、これをやれる人間は、あまりいません。わたしは若い時にテレビ論を書いて出版し、それ以来テレビ評論家という肩書きをつけられて、現在に至っていますが、日本では、テレビに関して、わたし以上にまとまった考えを持っている活字人間がいませんので、わたしは現在、日本でただひとりのテレビ評論家といえるでしょう。ただひとりであるがゆえに、いきおい、ここへさして仕事が殺到し、つまり結果的に過労になります。その割には原稿料が安く、五年前、家を建てるために銀行から借りた金も、まだ返済できていません。最近はどこの銀行も、住宅ローンの取り立てがきびしいようですね。そんな話を、聞きましたよ。銀行利子よりも物価の値あがり率の方が高いという評判のために、商売が左前なんでしょうかね」

「おそらくそうでしょうが、いったいあなたは現在、一日に何時間ぐらいテレビを見ているのですか」

「五、六時間でしょうか」

「それじゃ、異常にもなるわけだ」医者は少々あきれて達三の顔を眺めた。

「しかし、見ないわけにはいきませんのでねえ。仕事だから」

「それはそうだが」医者は苦い顔をして、診察室の天井を見あげた。「ええと、そうだなあ。脳波の検査をしようかな。それから、脳のレントゲン写真を撮ろうかな」達三にうなずきかけながら、彼は立ちあがった。「脳波の検査をします。それから、脳のレントゲン写真を撮ります」

「お願いします」

「こっちへ来てください」

病院の廊下に出た医者のあとを、達三の妻が、夫の乗った車椅子を押して続いた。

レントゲン室には、撮影係の若い助手がいて、少年週刊誌のマンガに読みふけっていた。

「岩淵君。頼むよ」医者は助手に声をかけてから、達三をふり返った。「まずレントゲン撮影をしますが、脳というのは撮るのが大変にむずかしく、だから慎重にやらねばなりません。わたしがあなたの首筋に注射をし、同時にこの岩淵君がレントゲン撮影をします。このふたりの呼吸がぴったりあわないと、うまくいかないのです。これに失敗して死んだ患者もいるくらいですから、あなた、絶対に動かないでください」

達三は上半身を緊張させた。「物騒ですな。大丈夫ですか」

医者は返事をせず、むっつりした顔つきで注射の用意をはじめた。若い助手も、撮影の準備をはじめた。

双方支度がととのい、医者は達三の右横に立った。

「岩淵君いいね。じゃ、いくよ。そらワン、ツー、スリー」

ぐさ、と、達三の首筋の右側に、針が突き刺さった。達三は、一瞬ひくひくと痙攣《けいれん》し、そして、ゆっくりと頭をのけぞらせながら失神した。

「気絶しちゃったけど、大丈夫だったのかしら。あれでよけい脳がおかしくなって、後遺症が出たりするんじゃないの」

帰りのタクシーの中で、助手席の妻が心配そうに達三をふり返った。後部シートの達三の横には、病院から貸し出してもらった車椅子が置かれている。

「大丈夫だろ。医者に訊《き》いたら、大丈夫だっていってた。少くとも、わたしどもの方には手落ちはありません、だってさ」

「なあに、それ。何か気になるいいかただと思わない」

「別に、思わないね。最近のサラリーマン化した医者は、わりとそんないいかたをするよ。ま、どうせ、あさってになれば結果がわかる」

「あっ。そこ。その門の前で停めてください」

さきに車を降り、玄関のドアを開いてまた戻ってきた達三の妻は、運転手に頭をさげた。「すみません。もう一度、お願いします」

運転手と妻に両側から抱きあげられて、達三はわが家に入った。

茶の間から駈《か》け出てきた、六歳の長女と四歳の長男が、上りがまちに腰かけている達三の傍へやってきた。「ねえ。パパ、どうだったの」

車椅子を玄関へ運びこみながら、妻が答えた。「たいしたこと、ないの。お仕事のやりすぎで、脳が疲労しただけなのよ。すぐ歩けるようになりますって」

「へえ」長女は眼を丸くして、達三の顔をのぞきこんだ。「じゃあ、パパ、頭が悪いの」

「パパは頭が悪くなんかありません」まじめな顔で長女をたしなめてから、達三の妻は吹き出した。笑いがとまらなくなり、体を二つ折りにして腹をかかえた。「ひひひひひ

ひひひひひひひひ」

達三が不機嫌になって、妻を睨《にら》みつけていると、彼女は達三の顔を見てまた笑い出し、玄関へしゃがみこんでしまった。

「おかしいか」

達三のそのことばで、彼女はさらに身をよじり、コンクリートに額をくっつけて、そのまま約三分間笑い続けた。

夕食の時も、達三は不機嫌だった。だが、彼の機嫌にはおかまいなく、長男は達三の状態を面白がり、達三に身の危険を感じさせるほどの躁《そう》状態になって、父親を茶化しつづけた。「今、パパと喧嘩《けんか》したら、ぼくが勝つね。だって、どんと押したらひっくり返って、起きあがれないんだろ」

「そんなことしたら、ママが承知しませんからね」たしなめながらも、達三の妻はにやにや笑っていた。

「パパの腰ぬけ」

「なんですって」達三の妻は、さすがに真顔になって、長男を睨みつけた。

「だって、パパ、腰が抜けて歩けないんだろ。だったら、腰ぬけじゃないか」

達三は、だまって箸《はし》を動かし続けた。今夜だけは、子供たちが自分たちの見たいテレビ番組にチャンネルをあわせても、文句をいわず、黙々と食べ続けた。

少しぐらいならテレビを見ても、これ以上症状が悪化することは、まず、ないでしょうと、医者が保証してくれていた。しかし、一日一時間以上見てはいけないと命じられてもいた。だから、ほんとは食事の時だけでも、好きな番組を見たかったのだが、それでも達三はだまっていた。

テレビでは、ホーム・ドラマをやっていて、家族が夕食をしながら、楽しげに会話していた。

こっちでも夕食、あっちでも夕食か。達三はぼんやり、そんなことを考えた。こっちとあっちの違う点はどこだろう。あっちよりは、こっちの方が、状況的にはやや異常であるという点、これがひとつだ。つまり、あっちよりは、こっちの方がいささかドラマチックであるということになる。なんということだろう。テレビのホーム・ドラマは、現実のホーム・ドラマ以上にドラマチックであってはならないということなのだろうか。

第二は、こっちがテレビを見ながら夕食しているのに、あっちの家庭にはテレビがないという点だ。こんな家族が、果しているのだろうか。茶の間にテレビのない家庭。そんな家庭があるのだろうか。達三は不審を感じ、箸の動きをとめてスクリーンを注視した。

「あっちの家族」は、なぜか「こっちの家族」を見ないようにするため、たいへんな努力を払っているかの如く、達三には感じられた。「こっちの家族」がいることを承知していながら、故意に無視しようと努めているかのように、達三には思えた。

つまり、この疑似長方形のスクリーンは、「こっちの家族」のテレビであると同時に、の家族」に悟らせないよう、「あっちの家族」はけんめいに気を遣っているのではあるまいか。

そこまで考えた達三は、なぜか急におそろしくなった。身の毛もよだつほどの恐ろしさだった。今まで、テレビに対してこれほどの恐怖を感じたことはなかった。達三は箸をおいて、頭をかかえこんだ。

「テレビを消してくれ」

「いやあん」と、長女がいった。「面白いのに」

六歳の子供が、起伏に乏しいホーム・ドラマなどを見て、いったいどこが面白いのか、達三はそう思い、自分の娘に空恐ろしさを感じた。

「消せ」顔を伏せたまま、達三は叫んだ。

さすがに異常を感じたらしく、達三の妻はいそいでテレビのスイッチを切り、気づかわしげに夫の顔をのぞきこんだ。「どうしたのよ。あなた」

「パパのばか」と、長男が憤慨して叫んだ。

長女も、ぷっとふくれて箸を投げ捨てた。「テレビがなきゃ、ご飯、食べられないわ」

「パパは、テレビを見ると、からだに毒なのよ。だから、そんなに騒がないで」達三の妻は子供たちに懇願の眼を向け、また夫に訊《たず》ねた。「ね。いったいどうしたの」

「恐ろしい」達三は両手で顔を覆い、立てつづけに身ぶるいしながら悲鳴をあげた。

と押した。

「テレビが恐ろしい。何かを、たくらんでいやがる。陰謀だ」

達三の妻が、気味悪げに夫から身を遠ざけた時、長男が駈けてきて、達三の背をどん

「パパのばか」

ひとたまりもなく、達三は前へのめって、茶碗《ちゃわん》に顔をつっこんだ。

二日後、病院からの帰りのタクシーの中で、助手席の妻が達三にそういった。

「あの先生のいうこと、まったくあてにならないわね」

達三は後部シートで、むっつりと黙りこんでいた。彼の傍には車椅子が置かれている。下半身の麻痺《まひ》は、まだ完全には治っていないのである。

「テレビ癲癇《てんかん》と、分裂病と、アル中の震戦譫妄症《せんもうしょう》の症状が、少しずつ混りあっていますですって。そんなこと、しろうとだって考えることじゃないの、ねえ」達三の妻は威勢よく喋《しゃべ》り続けた。不安を追いやるために喋り続けているようでもあった。「だって、医者にははっきりした診断をくだす義務があるのよ。なってないわよ。あの先生。そうでしょ。わかったことといえば、脳にはさほどの異常はなく、異常波も出ていないってことだけじゃないの。そんなことがわかったって、しかたがないじゃないの。どうすれば治るのか、それがはっきりわからなきゃねえ。だってあなたはテレビ評論家。テレビ評論家がテレビを見る時間をたった一時間に制限されるだけでも、たいへんなマイナスよ。

それが今度は、テレビ恐怖症になっちまったんじゃ、生活ができなくなるじゃないの。親子四人、どうして食べていけばいいの。そんなこと、ちっとも考えてくれないで、あの先生ったら、無責任だわ」

達三はさっきから、妻のおしゃべりを聞いていなかった。窓の外の景色を眺めながら、とりとめのないことを考え続けていた。なぜそんな、とりとめのないことを考え続けているのか、自分でもわからないほど、とりとめのないことを考え続けていた。そして、とりとめのないことを考え続けている間だけは、彼は平静でいることができた。

交差点の赤信号で、停車しようとしたタクシーが、がくがくと激しく上下に車体を揺すり始めた。

「あら。どうしたの」と、達三の妻が運転手に訊《たず》ねた。

「クラッチの調子が悪くてね」と、運転手は答えた。

「大丈夫かしら。衝突しない」

「ブレーキの故障じゃないから大丈夫だ」

タクシーは、あいかわらず震動を続けていた。達三は窓の外をぼんやり眺めながら、画面がブレているな、と思った。もはや妻と運転手の会話など、彼の耳には入らなかった。

タクシーが動きはじめた。

ブレがなおったぞ、と、達三は思った。

次の交差点で、タクシーはふたたび車体をふるわせた。

「また、ブレはじめたぞ」と、達三はいった。「調整不良だな」

「すみませんね」と、運転手があやまった。

「水平同期のツマミをまわしてごらん」と、達三がいった。

運転手が首をかしげた。「そんなツマミはありませんよ。この車には」

「アンテナはあるんだろう」

「アンテナですか。アンテナはあります」

「アンテナを、あげてごらん」

「はあ」運転手がボタンを押すと、カー・ラジオのアンテナが自動的に出はじめた。

青信号になり、タクシーが走り出すと、震動はなくなった。

「ほら。なおった」達三はうなずいた。

やっと夫の異常に気がついた達三の妻は、あわてて振りかえり、叫ぶような調子で彼に声をかけた。

「あなた」

「なんだい」達三はうす笑いを浮かべ、妻を見返した。

達三の妻はやや、ほっとした。いつも達三が人をおどろかせて喜ぶ、お得意の冗談だと思ったのである。

カー・ラジオが経済市況をやりはじめた。窓外の、大通りに面したビルや商店街をぼんやり眺めて、達三はまたつぶやいた。「やっぱり調子が悪いな。画像と音が合ってないぞ」

だが、その声は、タクシーの横を駈《か》け抜けていったスポーツ・カーのエンジンの音にかき消されて、達三の妻の耳には届かなかった。

達三たちが家へ戻ると、週刊誌の編集者が見舞いにやってきていて、応接室で待っていた。

若い編集者は、車椅子に乗ってあらわれた達三を見て、気の毒そうに眼をしょぼしょぼさせ、立ちあがった。「いかがですか。お加減は」

「どうぞ、そのまま、そのまま。わたしは立てませんのでね」と、達三は編集者にいった。「しかし、立てない方がいいのです。わたしはテレビ評論家だ。立つ必要はない。その方がかえって仕事がはかどります」

「あまり無理をなさらないでください。原因は過労だとうかがいましたが」

「テレビを長時間見ることが過労につながるのなら、現代人のほとんどは過労になっている筈《はず》です。わたしよりも長時間、テレビにかじりついている人間は、いくらでもいるでしょうからね」

「なるほど」編集者は、すばらしいアイデアだというように身をこわばらせてから、急に早口で喋《しゃべ》り始めた。「その傾向はテレビ人間全体に起っていることかもしれませんね。ストレスなんてものも、テレビの見過ぎが原因の一部分になっているかもしれません。

そういえば、カラー・テレビのブラウン管から出ている放射線が、生殖細胞に悪影響をあたえるというので一時騒がれたことがありましたが、その後もあいかわらず、みんな平気でテレビを見ていますね。テレビを見ることが健康に悪いということを証明した人はまだいない筈ですが、たとえ証明されたところで、やっぱり現代人はテレビを見ずにいられないんじゃないでしょうか。ちょうどタバコが癌のもとであると証明されても、誰もタバコをやめようとしないのと同じように」編集者は話し好きらしく、自分の声に酔ったようになって、けんめいに喋《しゃべ》り続けた。

達三は、編集者のせりふそのものは、ひどく陳腐に感じたが、なぜか彼の話しかたに猛烈な迫力を覚え、ぼんやりと彼の顔を見つめた。日が沈みかけていて、夕陽で編集者の顔が赤くなり、部屋の中が暗くなりかけていることにも気がつかなかった。編集者の話しぶりを茫然《ぼうぜん》と眺めながら、なぜこんなに迫力があるのだろうと考え続けていた。

達三の妻が、紅茶を持って室内に入ってきた時も、編集者は、まだ喋り続けていた。

「……そうでしょう。そうじゃありませんか」

急に返事を求められ、達三はやっと、われにかえった。あわてて、胸をはり、大きくうなずいた。

「うん。そうだったのか。やっとわかったぞ」達三は編集者の鼻さきに指をつきつけながら、妻にいった。「この司会者を見ろ。すごく喋りかたに迫力があるんだ。すばらしい司会者だよ。次のテレビ時評欄に、この男のことを書こう。なぜこんなに迫力があるのか、今、やっとわかったよ。つまりこの司会者はだな、視聴者に、まるで面と向かって対話してるみたいな錯覚を起させるという、新しいテクニックを使っているんだ」

最初は冗談だと思って、にやにや笑いながら聞いていた編集者が、達三の真剣な口調に気がつき、次第に真顔に戻って眼を見ひらきはじめた。

「どういうテクニックかというと、それはつまり、間だ。視聴者に問いかけをし、そしてその架空の返事を待とうとする、その間だ。その間のとりかたが、じつに巧妙なんだ。だから視聴者は、この司会者と、まるで自分の家の中で対話してるみたいな気になってしまうんだ」

銀の盆を床に落して立ちすくんでいる妻にそう喋り終えてから、達三は窓から射しこむ夕陽のまばゆさに顔をしかめた。「おい。カラー調整をしなさい。人物の顔がまっ赤だ」

長男が野菜の上へやたらにマヨネーズをかけはじめた。

「あら。そんなにかけるものじゃないわ」と達三の妻はいった。

「ほう。このCMはフィルムじゃないな」すかさず達三がいった。「珍しくナマだ」

「ねえ。パパはほんとに、気が変になっちゃったの」長女が泣きそうな顔で訊ねた。

「いいえ。パパは。ふざけてるだけなのよ」達三の妻は、うしろめたさに少し赤くなりながら、さりげなくそう答えた。「よその人にそんなこといっちゃだめよ。本気にされちゃうから。パパのお仕事は、よその人から見れば、もともと少し変なんですからね」

「そうなの」長女は半信半疑でうなずいた。

子供たちだって、いつまでもだまされてはいないだろう、と、達三の妻は思った。

「あなた。いい加減になさいよ」彼女は夫にいった。「子供たちが、気味悪がってるじゃないの」

だが達三は、ぼんやりと茶の間を見まわしながらいった。「このテレビは、チャンネルがひとつしかないんだな。いつも同じ番組ばかりやってる。いや、それとも、各局共通の番組なのかな。よほどの人気番組なんだな。こんなつまらないホーム・ドラマがどうしてそんなに評判がいいんだろう」

昼食が終るとすぐに、達三の妻は車椅子を押し、夫を書斎へ運んだ。

夫はテレビ中毒にちがいない、と、彼女は思っていた。昔、彼女の友人でアルコール中毒になった男がいたため、彼女は、震戦譫妄症《せんもうしょう》の症状を二、三知っていた。たしかに夫の症状は、それに似ていた。達三が奇妙なことを口走るようになって以来、達三の妻は、夫を病院へつれて行く日課を怠っていた。達三が精神病院へ強制的に入院させられてしまった場合の世間態《てい》を恐れたのである。

自宅で安静にさえしていれば、いつかはもとへ戻るのではないかと思えたし、具合のいいことに下半身が麻痺《まひ》したままで動けないから、逃げ出したり、暴れたりする心配もなかった。アルコール中毒は酒さえ飲ませなければ治るのだから、夫だって、テレビさえ見せなければいずれ正気に戻るだろう、と、彼女は判断した。彼女はまた、現在の夫の症状は、あるいはテレビを見られないための禁断症状かもしれないとも思っていた。「あなた。ここでおとなしくしていてね」彼女は子供にいうような調子で、車椅子の夫の顔をのぞきこみながらいった。「わたし、ちょっと買いものに行ってきますから」

達三はじろりと妻の顔を睨《にら》み、ふんと鼻で笑った。「浮気の相手から、電話があったんだろう」

「なんですって」達三の妻はおどろいた。夫から嫉妬《しっと》されたのははじめてだったし、また冗談であったとしても、夫が彼女にそんな冗談をいうのもはじめてだったからである。

「知ってるぞ。レストランで逢《あ》いびきするんだろう。そこへ、やきもちやきの亭主が入ってくるんだ」

「潮曇り」のストーリイを、彼女はすぐ思い出した。

「やっぱり、まだ、おかしいのね」彼女は嘆息し、書斎を出ていった。

達三は書斎の中央で、車椅子に腰かけたまま、一時間ばかりぼんやりしていた。茶の間の柱時計が二時を告げた時、彼はやっと自分の周囲を見まわし、首をかしげた。

「コール・サインは鳴るものの、このテレビはテスト・パターンばかり、いつまでやってるつもりなのか。それとも故障なのか」彼は車椅子を動かしてドアに近づいた。「ほかのテレビを見よう」

ドアには、鍵《かぎ》がかかっていた。

達三は窓に近づき、庭に面したスチール・サッシュのガラス窓を開き、立ちあがった。車椅子をかついで窓を乗り越え、テラスにおりてからふたたび車椅子に乗った。窓の下には、長男が置き忘れたらしいミニチュア・カーのリモート・コントローラーがころがっていた。

「リモート・コントローラーがあった」達三は、拾いあげながらつぶやいた。「これがあれば、足が不自由でも、チャンネルを自由に換えられる」

テラスから敷石づたいに門の前まで出た時、買いもの籠《かご》をさげた隣家の主婦がやってきて、達三を見るなり一瞬はっとした顔で立ちすくみかけたが、すぐ愛想笑いとお辞儀に切りかえた。それはいつも彼女が達三に見せる、少し人を見くだしたような愛想笑いだった。

「再放送《リピート》ものだ」と、達三はつぶやいた。

「もう、すっかりおよろしいのですか」と、隣家の主婦は数メートルはなれたところに佇《たたず》み、そう訊《たず》ねた。

達三はうなずいてから、彼女の買いもの籠を指さしていった。「あなたはこれから、浮気ですか」

隣家の主婦は少しどぎまぎし、それからくすくす笑った。「いやですわ。どうしてそれをご存じなの」

達三が返事をしないうちに、彼女は身をひるがえし、商店街へのだらだら坂を急ぎ足で下っていった。せっかく気のきいた返事でやり返した以上は、さっとうしろ姿を見せた方が、相手に自分をより強く印象づけることができるのを彼女は知っていた。むろん、テレビから得た知恵であったが、テレビを見馴《みな》れている達三の方は、またあれをやっていると思っただけであった。

達三は車椅子で、立ち去った隣家の主婦のあとを追い、ゆっくりと坂を下りはじめた。だが、坂は次第に急になり、車椅子は勝手に走り出したまま、とまらなくなった。

「うん。ズーム・アップは、テレビの場合、急速であればあるほど効果的だ」達三はうなずいた。

坂下から、新婚用の所帯道具を満載した、道幅いっぱいの大型トラックがやってきた。トラックのCMなのか、嫁入り道具のCMなのか、達三には、よくわからなかった。トラックは、道路の両側の塀すれすれに走っていた。その塀と、トラックの間へ、車椅子は達三を乗せてすべりこんでいった。

「やったに違いない」と、トラックの運転手が叫んだ。

「逃げろ」と、助手が叫んだ。

車椅子は、トラックとすれ違いざま、電柱に激突した。達三はいやというほど額を打ち、車椅子からころげ落ちて道路にひっくり返った。眼の前の火花がおさまっても、まだ画面はちらちらしていた。はげしいフリッカーの中で、なぜか急にスピードをあげて走り去るトラックのうしろ姿が見え、「松岡建設」と書かれた文字がどうにか読みとれた。

「なんだ。相乗り番組か」達三はつぶやきながら立ちあがり、横倒しになった車椅子を起すとふたたびシートに掛け、また坂下に向かった。

住宅街を出ると、画面がワイドになった。大通りを車が往き交い、午後の陽光の中を、登場人物たちがセットいっぱいに散らばって動きまわっていた。どうやら達三は、やっとワンマン・ショーでない番組にめぐりあったようであった。

しかしここでも、音声と映像は一致していなかったし、スイッチャーはへたくそで、ミキサーは失敗ばかりしていた。雑音《ノイズ》がはげしく、演技者たちのせりふも、聞きわけるのにひと苦労だった。レコード屋のシーンでは、同時に三種類の曲が聞こえたり、よせばいいのにたったひとり登場するだけの外人タレントにアテレコを使ったりした。

やがて画面が、下から上へと流れはじめた。リモート・コントローラーには水平同期の調整ダイヤルがないので、達三はチャンネルを換えることにした。

ぱちり。

画面が暗くなった。マンホールの底の場面だった。ふたりの作業員が何かの工事をしていた。ふたりはカメラの方を向き、眼を丸くしながら、何か喋《しゃべ》っていた。ゴースト現象がひどかった。工事現場からのナマ中継のような気もしたし、ドキュメンタリー番組のような気もした。なぜか、頭ががんがん痛んだ。画面が暗く、雑音がひどいせいだ、と、達三は思い、また、チャンネルを換えた。

ぱちり。

若い警官や通行人たちが、いっせいにカメラをのぞきこんでいた。仰角撮影だった。人物の背後には、空と、ビルの頂きが見えた。なあんだ。さっきの番組に戻してしまった。そう思って達三は、また、チャンネルを換えた。

ぱちり。

画面は病院だった。白っぽい壁にかこまれた診療室の中に、医者と、数人の看護婦がいた。頭痛はだいぶ、おさまっていた。医者と話しているのは、達三の妻であった。またこのタレントが出ているぞ、と、達三は思った。これは何というタレントだったろう。いったいこのタレントは、どうしてこんなに、あっちこっちのドラマに出演しているのだろう。どうしてそんなに評判がいいのだろう。きっと所帯やつれして、糠味噌《ぬかみそ》くさいところが受けているのだろう。そうに違いない。しかし、なんと退屈なドラマだろう。

達三の妻は、医者にくどくどと礼を述べ続けていた。達三はまた、チャンネルを換えた。

ぱちり。

そこは達三の家の茶の間だった。子供たちの姿は見られず、達三の妻だけがいた。

「眼が醒《さ》めたのね」と、彼女はいった。「あなた、ひとりで大通りまで出ていって、工事中のマンホールに落ちたのよ。おぼえてるの」

「また、ホーム・ドラマか」達三はつまらなそうにつぶやいた。「まったくこの、テレビってやつは、日常茶飯のつまらない模倣だな。そう。現実の最もへたくそなパロディだ。そこにはテーマも何もない」

「これは現実なのよ。現実」達三の妻はいらいらして、とうとうヒステリックに叫びはじめた。「これは、あなたが思っているようにテレビなんかじゃないのよ。現実なの」

「ふん」達三は笑った。「これが現実であってたまるものか。現実はもう少しましだ。もう少し複雑で、もう少し統一がとれていて、もう少し現代的で、もう少し美的な筈《はず》だ」

「現実よ。現実よ」けんめいに達三のことばを否定し叫び続けた末、達三の妻は、ついにたまりかねて、テレビのスイッチを入れた。「これよ。これがほんとのテレビなのよ」

達三は、テレビのスクリーンをのぞきこんだ。

スクリーンには茶の間が映し出され、そこには達三の妻がいた。そして達三自身は、スクリーンの彼方から、こちらをのぞきこんでいた。

「わはははははははははは」

達三は、まっ赤な口をあけて笑った。テレビ・スクリーンの形に似た、疑似長方形の眼が落ち窪《くぼ》み、眼窩《がんか》の周囲にどす黒い隈《くま》が拡がっていた。

「これは、テレビなんかじゃない」彼はスクリーンを指さして笑い続けながら、そういった。「これはただの、鏡だ」

解説

畑正憲

私は一度だけ筒井康隆氏にお目にかかった覚えがある。

もう六、七年前になろうか、入江《いりえ》徳郎《とくろう》さんが司会役で、一年を振り返るという座談会に氏も出席しておられた。『お助け』という名作を書かれた後であり、氏はすでに流行作家（いい意味で！）としてバリバリ仕事をされていたのだが、さっそうと現れ、あらゆる問題に適確な発言をされる姿はすごく印象的であった。

顔は写真で見るより角張っていて、よく動く目が四六時中輝いていた。なんでも、ホテルにカンヅメにされているところを抜けてきたとかで、頭髪は油っ気がなくぼさぼさであり、首には無雑作にスカーフを巻いておられた。

そして何よりも私を驚かしたのは、氏のものを見る角度の新鮮さと、該博な知識とであった。ある一つの問題が提起されると、氏は実に多くの情報を持出し、来年はこうなるだろうという魅力に富んだ予測をされた。その態度は、政治から科学の分野に至るまで、変るところがなかった。

私はそういった氏の素晴しさに圧倒され続け、やっと終り近くに、来年もミニスカートが流行してくれればいいと、細い声で呟《つぶや》いただけであった。

読者もよくご存知のように、筒井氏はときどき本格的なSFを発表される。そういった作品の迫力は、正確で広い氏の知識に拠《よ》るものだと思う。だから氏がSF作家と呼ばれているのだろうとも私は愚考している。しかしむろんのこと、氏はそういった便宜的な区分の中で安住してはいない。氏の書くものは多種多様であり、それぞれが極めて独創的である。

昨年だったか、氏は日本以外の国がすべて沈没してしまうという小説を発表された。これはタイトルを見ただけでは、小松左京氏の『日本沈没』のパロディーであるように思えたが、何行か読むうちに、私は爆笑し、熱狂し、筒井魔術のとりこになったのであった。一見、パロディーとかモジリに似せてあるが、実はまったく異質の、筒井康隆の世界そのものが描かれていた。私はその見事な出来栄えに酔った。

筒井文学の大きな特徴は、ユーモアとアイデアにあると思う。

山口瞳《やまぐちひとみ》氏がある雑誌に、

「文章はアイデアだ」

と述べておられたが、まったく至言だと思った。そして文章同様、作品そのものもアイデアの産物でなければならぬ。その点、筒井氏のものは、アイデアの卓抜さだらけで、一昔前の批評家だったら、その華麗さに目くらましを喰《く》わせられ、あっと驚き、

「これが小説だろうか」

と呟くであろう。ともかく着想がすぐれていて、しかもそれらがとめどもなく流れ出てくるのだから、鬼才という言葉は、筒井氏のために用意されていたようなものだ。

ユーモアについては、これはもう敬服脱帽するしかない。だいたいユーモア文学には、いくつかのタイプがあり、人の笑いというものは、ある種のパターンによってさそわれるものだが、筒井氏のものは、まったく破壊的であり、これまでにない斬新《ざんしん》なものである。

しかも、日本人の体質にないと思われる笑いである点が興味深い。加えてその笑いが、爆発的な人気を得ているのだから、そのことからも、氏の才能の大きさが分るのだ。

それが持続していることも敬服に価する。何度も言うが、ユーモアというものにはパターンがあって、たいていの作家は、数年でそのパターンを費《つか》い尽し、ユーモアに富んだものが書けなくなってくるものだ。にも拘《かかわ》らず、氏は次々と新手を繰出し、ますますユーモアに磨きがかかってきている。これは恐るべきことだと思う。

さてこの作品集であるが、SFというよりスラプスティック・コメディーであり、と思って読んでいると、どきりとさせられる深刻さで、現実の内臓を見せつけられる。つまりは筒井康隆の世界そのものである。

特にここに集められた小説は、ごく平凡な日常生活に始まり、それが異様に変化していくさまを描いたものである。『誘拐横丁』や『融合家族』の夫婦は、ごくありきたりの生活感情を有していて、それが奇妙なシチュエーションに平然と溶けこんでいる。他の小説だって同じだ。ごく平均的な日本人の人物像が描かれ、その人びとが、いわばトッピな事件を経験していく。

しかし、根も葉もない荒唐ムケイな展開かというと、そうでもない。

私たちはハイ・ジャックのてんまつをテレビで見ると、

「おれがあの乗客の中にいたらな」

と願うし、しばしば、出来もしない誘拐を夢見るものだ。筒井氏は、誰もが夢に見て、すぐ忘れ去るその意識に執着し、それを発展させ拡大して見せてくれる。と、それは、ひどく現実離れしているようでいて、読み進むうちに、現実より現実くさくなってくる。このあたりは、氏の才腕によるところが大であろうが、人間というのは不思議な生物であって、実行には移さないけれど、移せばこの世を壊してしまうもろもろの想念を持ち、それを現世に投影し、影響を与えつつ生きているのかも知れないのである。そういったことを考えないと、このスラプスティックの生々しさは説明出来ないのである。

でも、だが、しかし。

そういった小理屈は、解説だから記したようなもので、私は読者として、歯のない人間でも食えるやわらかいクッキーでもつまみながら、

「ふんふん。へへへ」

と、ときどき笑いながら読んでいたい。読んで面白いものには、何かしら真実があり、それが意識されずに移植されることが望ましい読書だと私は思うからだ。

そもそも日本人は、文学を狭く考えすぎるきらいがある。深刻な私小説などを、不世出の名作だと有難がる傾向を有している。しかしこれはとんでもない間違いであり、文学はもっと広く、もっと豊かなものなのだ。

その事実を、筒井氏は力ずくで世に認めさせようとしているところがある。これらも、私などが遠く及ばぬ点であり、私は常に氏を新しい文学の一方の旗頭だと尊敬してきた。私は読者の一人として、氏がもっともっと多作であることを願っている。

本書は一九七五年六月に刊行された角川文庫『日本列島七曲り』を底本としています。

本書中には、今日の人権意識・医療知識に照らして不適切と思われる、気ちがい、気が違う、精神異常者、分裂症（分裂病）、北鮮、アル中（アルコール中毒）、ホモだち、などの語句ならびに精神障害や癲癇についての記述がありますが、作品執筆当時の時代背景や作品の文学性を考慮しそのままといたしました。

（編集部）

日《に》本《ほん》列《れつ》島《とう》七《なな》曲《まが》り

筒《つつ》井《い》康《やす》隆《たか》

昭和50年 6月30日　初版発行
平成30年 11月25日　改版初版発行
令和6年 12月15日　改版4版発行

発行者●山下直久

発行●株式会社KADOKAWA
〒102-8177　東京都千代田区富士見2-13-3
電話　0570-002-301（ナビダイヤル）

角川文庫 21287

印刷所●株式会社KADOKAWA
製本所●株式会社KADOKAWA

表紙画●和田三造

●お問い合わせ
https://www.kadokawa.co.jp/（「お問い合わせ」へお進みください）
※内容によっては、お答えできない場合があります。
※サポートは日本国内のみとさせていただきます。
※Japanese text only

ISBN 978-4-04-107396-4　C0193

角川文庫発刊に際して

角川源義

第二次世界大戦の敗北は、軍事力の敗北であった以上に、私たちの若い文化力の敗退であった。私たちの文化が戦争に対して如何に無力であり、単なるあだ花に過ぎなかったかを、私たちは身を以て体験し痛感した。西洋近代文化の摂取にとって、明治以後八十年の歳月は決して短かすぎたとは言えない。にもかかわらず、近代文化の伝統を確立し、自由な批判と柔軟な良識に富む文化層として自らを形成することに私たちは失敗して来た。そしてこれは、各層への文化の普及滲透を任務とする出版人の責任でもあった。

一九四五年以来、私たちは再び振出しに戻り、第一歩から踏み出すことを余儀なくされた。これは大きな不幸ではあるが、反面、これまでの混沌・未熟・歪曲の中にあった我が国の文化に秩序と確たる基礎を齎らすためには絶好の機会でもある。角川書店は、このような祖国の文化的危機にあたり、微力をも顧みず再建の礎石たるべき抱負と決意とをもって出発したが、ここに創立以来の念願を果すべく角川文庫を発刊する。これまで刊行されたあらゆる全集叢書文庫類の長所と短所とを検討し、古今東西の不朽の典籍を、良心的編集のもとに、廉価に、そして書架にふさわしい美本として、多くのひとびとに提供しようとする。しかし私たちは徒らに百科全書的な知識のジレッタントを作ることを目的とせず、あくまで祖国の文化に秩序と再建への道を示し、この文庫を角川書店の栄ある事業として、今後永久に継続発展せしめ、学芸と教養との殿堂として大成せんことを期したい。多くの読書子の愛情ある忠言と支持とによって、この希望と抱負とを完遂せしめられんことを願う。

一九四九年五月三日

角川文庫ベストセラー

時をかける少女〈新装版〉　筒井康隆

放課後の実験室、壊れた試験管の液体からただよう甘い香り。このにおいを、わたしは知っている——思春期の少女が体験した不思議な世界と、あまく切ない想いを描く。時をこえて愛され続ける、永遠の物語！

日本以外全部沈没　パニック短篇集　筒井康隆

地球の大変動で日本列島を除くすべての陸地が水没！　日本に殺到した世界の政治家、ハリウッドスターなどが日本人に媚びて生き残ろうとするが。時代を超越した筒井康隆の「危険」が我々を襲う。

陰悩録　リビドー短篇集　筒井康隆

風呂の排水口に○○タマが吸い込まれたら、自慰行為のたびにテレポートしてしまったら、突然家にやってきた弁天さまにセックスを強要されたら。人間の過剰な「性」を描き、爆笑の後にもの哀しさが漂う悲喜劇。

夜を走る　トラブル短篇集　筒井康隆

アル中のタクシー運転手が体験する最悪の夜、三カ月以上便通のない男の大便の行き先、デモに参加した女子大生を匿う教授の選択……絶体絶命、不条理な状況に壊れていく人間たちの哀しくも笑える物語。

佇むひと　リリカル短篇集　筒井康隆

社会を批判したせいで土に植えられ樹木化してしまった妻との別れ。誰も関心を持たなくなったオリンピックで黙々と走る男。現代人の心の奥底に沈んでいた郷愁、感傷、抒情を解き放つ心地よい短篇集。

角川文庫ベストセラー

幻想の未来　筒井康隆

放射能と炭疽熱で破壊された大都会。極限状況で出逢った二人は、子をもうけたが。進化しきった人間の未来、生きていくために必要な要素とは何か。表題作含む、切れ味鋭い短篇全一〇編を収録。

楽しい古事記　阿刀田高

古代、神々が高天原に集い、闘い、戯れていた頃。物語と歴史の狭間で埋もれた「何か」を探しに、小説家・阿刀田高が旅に出た。イザナギ・イザナミの国造りなど名高いエピソードをユーモアたっぷりに読み解く。

やさしいダンテ〈神曲〉　阿刀田高

人は死んだらどうなるの？　地獄に堕ちるのはどんな人？　底には誰がいる？　迷える中年ダンテ。詩人ウェルギリウスの案内で巡った地獄で、こんな人たちに出逢った。ヨーロッパキリスト教の神髄に迫る！

日本語えとせとら　阿刀田高

もったいないってどういう意味？「武士の一分」の「一分」って？　古今東西、雑学を交えながら不思議な日本語の来歴や逸話を読み解く、阿刀田流教養書。名文名句を引き、ジョークを交え楽しく学ぶ！

恋する「小倉百人一首」　阿刀田高

百人一首には、恋の歌と秋の歌が多い。平安時代の歌風を現代に伝え、切々と身に迫る。ただのかるたと思うなかれ。人間関係、花鳥風月、世の不条理と、深い世界を内蔵している。ゆかいに学ぶ、百人一首の極意。

角川文庫ベストセラー

キップをなくして　池澤夏樹

駅から出ようとしたイタルは、キップがないことに気が付いた。キップがない！「キップをなくしたら、駅から出られないんだよ」。女の子に連れられて、東京駅の地下で暮らすことになったイタルは。

星に降る雪　池澤夏樹

男は雪山に暮らし、地下の天文台から星を見ている。死んだ親友の恋人は訊ねる、何を待っているのか、と。岐阜、クレタ。「向こう側」に憑かれた2人の男。生と死のはざま、超越体験を巡る2つの物語。

言葉の流星群　池澤夏樹

残された膨大なテクストを丁寧に、透徹した目で読み進むうちに見えてくる賢治の生の姿。突然のヨーロッパ志向、仏教的な自己犠牲など、わかりにくいとされる賢治の詩を、詩人の目で読み解く。

アトミック・ボックス　池澤夏樹

父の死と同時に現れた公安。父からあるものを託された美汐は、殺人容疑で指名手配される。張り巡らされた国家権力の監視網、命懸けのチェイス。美汐は父が参加した国家プロジェクトの核心に迫るが。

グランド・ミステリー　奥泉光

昭和16年12月、真珠湾攻撃の直後、空母「蒼龍」に着艦したパイロット榊原大尉が不可解な死を遂げた。彼の友人である加多瀬大尉は、未亡人となった志津子の依頼を受け、事件の真相を追い始めるが——。